JN084712

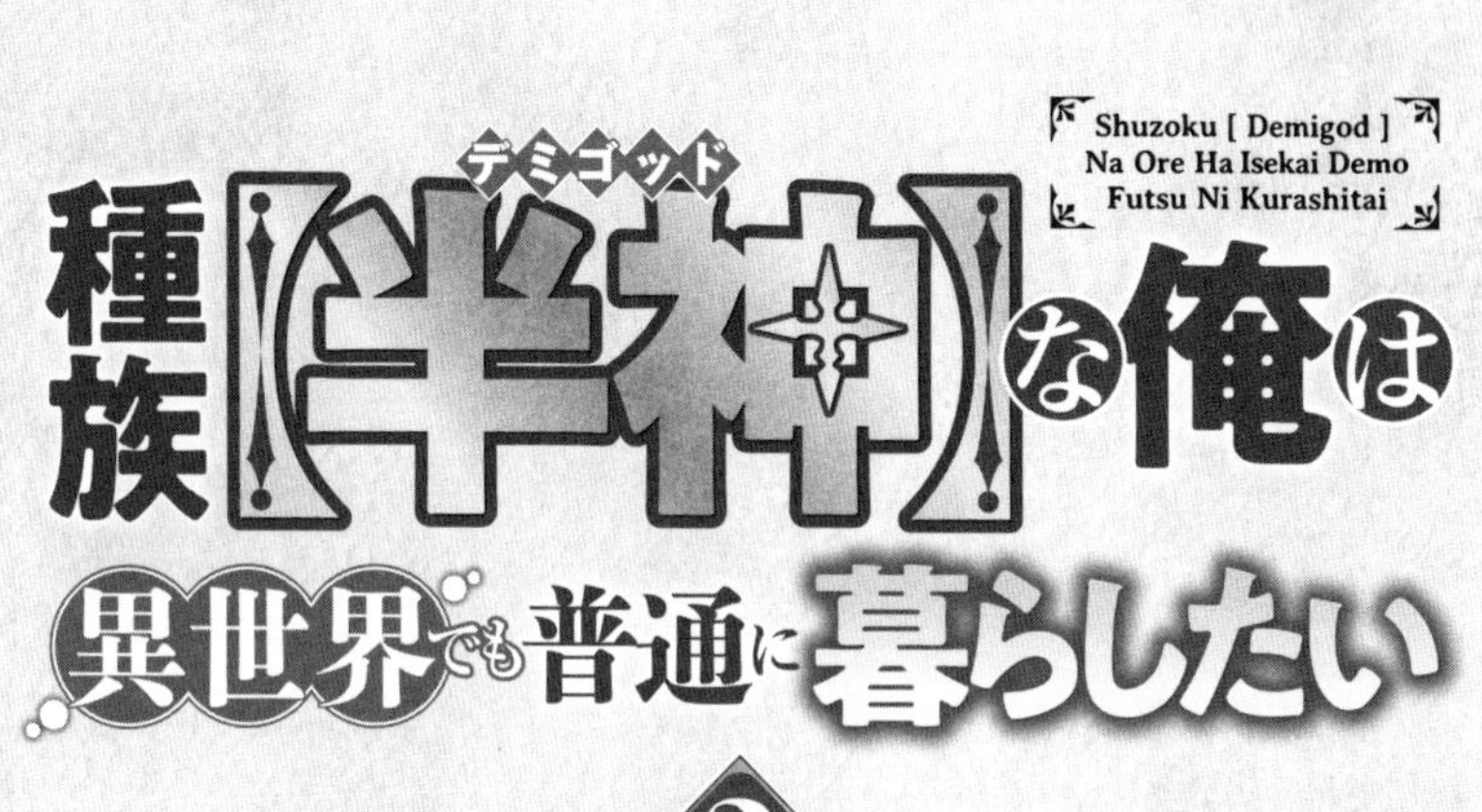

[Author]
穂高稲穂
Hodaka Inaho

[Illustration]
珀石碧

ミア
貧民街アルガレストで
出会った
獣人の少女。
西園寺玲真(さいおんじりょうま)
神様の気まぐれで種族を
半神(デミゴッド)に変えられ
異世界に招待された青年。
チート化したスマホを手に
冒険者として
活動を始める。
ルシルフィア
神様クエストの報酬で
仲間に加わった、
リョーマを守護する
大天使。
スレイル
ヴァンパイアデビルの
少年。リョーマを
兄と慕う。

フェルメ
ロマ達と共に
冒険者活動をする
魔法使い。仲間
思いで勤勉。
ロマ
天真爛漫で
好奇心旺盛な冒険者。
面倒見が良い。
タオルク
二つ名を
持つほどの剣の達人。
実は元日本人の
転生者。
ルイン
ロマ達とパーティを
組む冒険者。
ヘタレ気味だが
愛嬌がある。
ディダルー
とある他国の
大豪商に仕える男。
リョーマに接触して
くるが……
登場人物紹介

第1話　帰還

何気なく呟（つぶや）いた一言のせいで、遊戯（ゆうぎ）と享楽（きょうらく）を司（つかさど）る神、メシュフィムに異世界に転移された俺、西園寺玲真（さいおんじりょうま）。

　しかも、転移の際に半神（デミゴッド）という種族になり、唯一持っていたスマホをチート仕様にされてしまっていた。

　俺はスマホの能力を駆使（くし）してファレアスという街に着くと、冒険者として活動を始め、フィランデ王国の首都サンアンガレスを目指して旅に出る。

　新人冒険者のロマとフェルメ、ルイン、それから元日本人のタオルクを仲間に加え、迂余曲折（うよきょくせつ）ありながらも、俺達は首都に到着。半神（デミゴッド）は神の使徒として扱われることもあり、王族から歓待を受けた俺は、屋敷を貰（もら）ってそこを拠点にする。

　冒険者らしく依頼を受けたり、この世界で俺以外に五人いる半神（デミゴッド）達と交流したりと平和に過ごしていた俺だったが、ある日、とあるダンジョンに挑戦することに。

　ガステイル帝国という名前の、アンデッドまみれのダンジョンを攻略した俺は、元スケルトンでヴァンパイアデビルに進化したスレイルと、大天使ルシルフィアを仲間に加えて、地上へと戻るのだった。

——そんなわけで、ダンジョンを出た俺達は首都サンアンガレスに戻ってきた。

スレイルは好奇心旺盛な様子でキョロキョロ周りを見回して興奮し、ルシルフィアはそんなスレイルを微笑ましく見ている。

ちなみにルシルフィアには、三対六翼、純白の翼を隠してもらっている。そしてその声も、頭に響くようなものではなく、普通に聞こえるようになっていた。

それにしても、二人はやはり目立つな。

眉目秀麗なルシルフィアと美少年のスレイルは、道行く老若男女の注目を集め、いつの間にか人集りができるほどだった。おかげで俺の存在感が霞んでいる。

もっとも、それはダンジョンで手に入れたアレクセルの魔套を纏っているからというのもある。

このローブは自動修復、環境適応、形状変化、魔力隠匿、清浄の効果を持っているのだ。

このローブがなければ、俺の魔力とその神聖さによって、正体に気付く人が出てくるかもしれない。そうなったら、騒ぎになることは間違いない。

そういう意味では、俺が目立たないのはありがたいことだった。

「お兄ちゃん、人がたくさんいるね！」

「迷子にならないように離れないでね」

「うん!!」

「リョーマ様、私におまかせください」

ルシルフィアはそう言うと、スレイルと手を繋ぎご満悦の様子だ。

俺達が通りを進んで家に辿り着くと、門衛はすぐに俺に気付いた。

そして慌てて門を開け、緊張した面持ちで直立する。

俺達は敷地に入り、まっすぐ続く道を進む。敷地内の広大な庭園の向こうには大きな宮殿……俺の屋敷が見えた。

「あれがお兄ちゃんの家？」

「そうだよ」

「すごくおっきいね!!」

はしゃぐスレイルを微笑ましく思いながら進むと、玄関前にはサンヴァトレが待っていた。

「おかえりなさいませ、リョーマ様。後ろのお二人は？」

「ただいま。こっちの二人は、男の子がスレイル、女性がルシルフィアだよ」

「そうでしたか。スレイル様、ルシルフィア様、私はリョーマ様にお仕えしておりますサンヴァトレと申します。どうぞよろしくお願いいたします」

サンヴァトレは深々と頭を下げる。

「よろしくお願いします!!」

「よろしくお願いします」

スレイルは元気よく挨拶をし、ルシルフィアは微笑む。

そんな彼女の微笑みに、普段はポーカーフェイスのサンヴァトレが、若干頬を赤く染めていた。

二人の紹介を済ませた俺達は、玄関の中に入る。

まずは客間で一息。スレイルとルシルフィアはふかふかのソファーで寛(くつろ)ぐ。

「二人の部屋を用意するから、これからはその部屋を自由に使ってね」

「やったー!!　ありがとうお兄ちゃん!!」

「お気遣い感謝します」

それから俺はサンヴァトレに指示して二人の部屋を用意させて、二人を案内してもらう。

俺はといえば、サンヴァトレを伴って私室に戻った。

「そういえば、俺がいない間、ロマ達は来た？」

「はい。二度ほどお見えになりました。最後にお会いしたのは十日前です」

「そっか」

スマホを取り出してマップアプリを開く。このアプリは、一度会った相手がどこにいるかを表示させることができるのだ。

ロマ達のアイコンを確認すると、ダンジョンの出入口のところにあった。

ダンジョンの中は外からは表示されないので、彼らは攻略をしているのだろう。

しばらくのんびりする予定だから、帰ってくるのを待とうかな。

一息ついた俺は、スレイルとルシルフィアと一緒に、お気に入りの大浴場に向かった。

本来の俺なら、ルシルフィアと一緒にお風呂(ふろ)なんてとてもじゃないけど無理だ。俺も男だし、女性の裸を見たらそりゃあ性的に興奮する。

だけど、使徒となった俺はそういう性欲が減退したようで、特段興奮もしない……というか、大天使に手を出すなんてことは無理だ。

というわけで、仲良く三人でお風呂に入った。気分的にはただの家族だな。

スレイルは大浴場で大はしゃぎし、大きな湯船をスイスイ泳ぐ。ルシルフィアは湯船にゆったりと浸かり、気持ちよさそうにしている。

お風呂から上がったら三人で夕食にし、屋敷で雇っているシェフが作る、久しぶりのちゃんとした料理に大満足したのだった。


翌日、俺達は朝から冒険者ギルドに向かった。

広場までは馬車で向かったのだが、馬車を降りた瞬間、ルシルフィアやスレイルに注目が集まったのがわかった。

ルシルフィアは純白の聖女のような出で立ちで、美しさが男達の視線を集めている。

スレイルは使用人が用意した服を着ているから、貴族のお坊ちゃんみたいな格好になっている。可愛らしい容姿から、お姉さん方に人気なようだ。

ギルドまで向かう道すがら、人々の注目を集めるが、その視線の先は主に二人で、フードを被っている俺に気付く人はいないようだった。

そうしてギルドに到着するなり、ガラの悪い冒険者が、鼻の下を伸ばしながらルシルフィアに声をかけてくる。

しかし当の本人は完全に眼中にないようだ。

「さぁ、リョーマ様。用事を済ませましょう」

「そ、そうだね」

ルシルフィアが柔らかい笑みを浮かべて言ってくるのに、俺は思わず苦笑いする。

一方で、無視された冒険者はムッとした様子だった。

「おいてめぇ、なに笑ってんだよ」

俺の苦笑いが嘲笑(ちょうしょう)に見えたのか、冒険者が絡んでくる。

するとスレイルが咄嗟(とっさ)に、俺をかばうように前に出た。

「なんだぁ、このガキ。俺とやろうってのか？」

絡んできた男はガハハハと笑う。

「大丈夫だよ」

俺はそう言ってスレイルの頭を撫(な)でると、男を無視してカウンターに向かった。

「おい！　なに勝手に行こうとしてやがる！」

俺の態度が気に入らないのか、苛立(いらだ)ちを見せて俺の肩を掴(つか)む男。

そこにギルドの職員が慌てて駆け寄ってきた。

「リョーマ様!!　ベグアード様がお待ちですのでご案内いたします!!」

ギルド職員が俺にかしこまる様子と、ベグアード——ギルドマスターの名前が出てきたことで、
男はたじろぐ。

そして俺の肩から手を離して、バツが悪そうに離れていった。

「すみません。ありがとうございます」

「い、いえいえ!! ではご案内いたします!!」

ギルド職員の機転で難を逃れた俺達は、三人でベグアードのもとに向かった。

「リョーマ様!! お戻りになったのですか!!」

椅子から勢いよく立ち上がり出迎えてくれるベグアード。

俺達は勧められるがままに、応接用のソファーに座った。

「たしかダンジョンに行かれていたと思いますが……」

「ええ。昨日、ガステイル帝国を攻略して戻ってきました」

俺の返事に、ベグアードは驚愕する。

「あのダンジョンをもう攻略なされたのですか!?」

「はい」

それから俺は、ガステイル帝国で何があったのかをベグアードに説明した。

ベグアードは手に汗を握り、興奮した様子だ。

「――それで、ダンジョンを攻略する中で仲間になったのが、隣にいる二人です」

「なるほど……その子がリョーマ様が契約した従魔で、そちらの……御方が大天使様……ですか……」

「一応、二人の正体は秘密でお願いします」

コクコクと勢いよく頷くベグアード。

ちなみに、ダンジョンで手に入れた魔石はスレイルに全部あげてしまったと話すと、少し残念そうにしていた。

今日のところは戻ってきた報告をするだけの予定だったため、ギルドを後にした俺達は、王都をいろいろと見て回った。

スレイルはずっとダンジョンで過ごしてきたから、外の世界に大はしゃぎだ。俺とルシルフィアはあっちこっちへと振り回されたが、ルシルフィアも一緒になってはしゃいでいる。

楽しそうな二人に、俺は大満足だった。


翌日、三人でのんびりと過ごしていると、サンヴァトレが部屋に入ってきた。

「リョーマ様、王宮から使者が参りました。応接室にご案内いたしましたが、いかがなさいますか?」

「わかった。すぐに応接室に行くよ」

スレイルとルシルフィアは、俺のスマホの能力で生み出した固有空間――俺の地球での部屋を再現した空間から持ってきたボードゲームに夢中になっているから、二人を残して部屋を出る。

応接室に向かう途中、使者はルイロ国王の側近であり、俺の顔見知りのガイフォル侯爵だと教えてもらう。

俺が応接室の扉を開けると、ガイフォルがソファーから立ち上がって深く頭を下げる。

「お久しぶりでございます、リョーマ様!!」

「お久しぶりです、ガイフォルさん！　どうぞお掛けになってください」

向かい合ってソファーに座る。

「それで、突然どうしたんですか？」

「冒険者ギルドからリョーマ様の帰還と、ダンジョン攻略の知らせを受けて参りました。あのガステイル帝国を攻略したと聞き、ルイロ国王陛下は大変驚きになられていました。是非リョーマ様から直接お話を聞きたいということで、謁見の要請に参りました」

「なるほど。わかりました。それでは明日、王宮へお伺いいたします。それと、仲間を二人、ルイロ国王にご紹介したいのですが、よろしいでしょうか……？」

「もちろんでございます!!　リョーマ様のお仲間でしたら、国王陛下も喜ばれると思います。ちなみに、そのお二方はこちらに……？」

「ええ。サンヴァトレ、お願いできる？」

俺が頷きサンヴァトレに視線を向けると、すぐに部屋から出ていく。

そしてしばらくすると、スレイルとルシルフィアを連れて戻ってきた。

「男の子がスレイル、女性がルシルフィアと言います」

「スレイルです！」

「ルシルフィアと申します」

スレイルが元気よく挨拶をして、翼を隠して人間になりきっているルシルフィアは無表情で軽く頭を下げる。

「ガ、ガイフォルと申します。よろしくお願いします」

挨拶が終わったところで、ガイフォルには話しておいた方がいいだろうと、二人の正体を教える。

ガイフォルは開いた口が塞がらないといった様子だったが、俺を見ると納得したように頷いた。

それからガステイル帝国の攻略の話をしているうちに、時間が過ぎていく。

「いやはや、さすがは使徒リョーマ様です！　それでは、明後日にお迎えに上がりますのでよろしくお願いいたします」

一通り話を終えると、ガイフォルは満足げにそう言って王宮に帰っていった。

ガイフォルが帰ってから、サンヴァトレにスレイルとルシルフィア用の謁見の服を用意させることにした。

一応、国王より神の使徒の方が身分は上だとはいえ、こちらもそれなりの服装をしておかないと互いに面目が立たない。

裁縫スキルが高レベルの仕立屋が連れてこられ、あっという間に服が作られていく。

そうして出来上がったのは、二人にぴったりのものだった。

スレイルは刺繍が施されたワインレッドのジャケットに、黒いズボンと黒の革靴。襟飾りもあり、まさに大貴族の子息のような出で立ちだ。

ルシルフィアは装飾が施された純白のドレスになった。まさに大天使であるルシルフィアにぴったりなイメージのロイヤルドレスだ。

あまりの美しさに、仕立てを行った仕立屋、着付けを手伝った女性の使用人達が頬を赤く染めて見惚(みと)れている。

俺はといえば、前にファレアスの冒険者ギルドマスター、ギメルが仕立ててくれた服を着ていこうかと思ったのだが……

「リョーマ様、せっかくですし新しいのを仕立ててもらいましょう！」

ルシルフィアが楽しそうにそう言った。

「う～ん、俺は前に作ってもらったのがあるから……」

インベントリから出して見せる。

「とても素晴らしいとは思いますが、リョーマ様は私達の主です。これでは私達が目立ってしまって、誰が主なのか示しが付きません。さあ新しいのを仕立てましょう！」

そう強引に決められ、俺も服を作ることになってしまった。

それからルシルフィアはあーでもないこーでもないと真剣に悩み、夜遅くまでかかってしまったのだった。

ガイフォルがやってきた二日後、俺達は謁見用の服を着て、王宮からの迎えを待っていた。

俺の服は結局、上下ともに黒に赤紫の細かい刺繍が施された礼装になった。しかも赤い飾緒(しょくしょ)、金のサッシュ、黄色の肩章(けんしょう)と、まるで王子のような出で立ちである。さすがに階級章とか勲章(くんしょう)、儀礼刀なんてものはないが、もしあったら完全に軍人の礼服だ。

このデザインは全てルシルフィアによるもの。

かなり目立ってしまうような気がすると伝えたのだが、それでいいと言われてしまった。

まぁ、俺がどんなに着飾っても、ドレスを着たルシルフィアが圧倒的に輝いてて、俺より目立ってるのだが……

ジュースを飲んでクッキーをつまみながらのんびりと待っていると、サンヴァトレが王宮からの迎えが到着したと知らせてくれた。

正面玄関を出ると、豪華な馬車が二台停まっていて、その前にガイフォルが立っていた。

玄関から出てきた俺達を見て一瞬目を見開き、ルシルフィアの美しさに見惚れている。

「ど、どうぞ馬車へ」

国王の側近であり大貴族のガイフォルが緊張を露わにしているのがなんだか面白い。

そんな彼を見つつ、俺達は後ろの馬車に乗り込み王宮へと向かった。

王家の家紋が施された馬車は多くの人の注目を集め、民衆はその場で立ち止まり頭を下げていた。

それは上流階級の人々も同じで、貴族街に入ってからも続いた。

馬車の小さな窓から眺め、自分が王子様になったかのような気分になって少しだけ高揚した。

王宮に到着した馬車は、正面玄関前に停まる。

玄関前には王太子のロディアとその妃のサリアヌ、それから王太子の側近の貴族や従者等が出迎えていた。

先導する馬車に乗っていたガイフォルが俺達の乗る馬車に来て、ドアを開けて頭を下げた。出迎えてくれる人達も一斉に深く頭を下げ、王太子と妃が俺達が出てくるのを待つ。

まずは俺が先に降りて、次に降りてくるルシルフィアに手を差し伸べる。ルシルフィアは俺の手を取り馬車を降り、最後はスレイルが降りた。

俺が先頭、その後ろにスレイルとルシルフィアが続いて、王太子のもとへ向かった。

「お久しぶりです、ロディア様、サリアヌ様」

挨拶をして軽く頭を下げる。

「あ、頭をお上げください、リョーマ様!!」

慌てる王太子に俺はすぐに頭を上げる。

軽く話をしてから、王太子自ら国賓の間に案内してもらい、俺達はしばしそこで待つことになった。

「お兄ちゃんの家も凄いけど、ここも大きくて凄いねぇ！」

好奇心旺盛にキョロキョロと室内を見るスレイル。そんな無邪気な姿に、ルシルフィアはニッコニコだ。

俺はというと、ソファーに深く座り、スマホを持ってインベントリを見ていた。今回渡す贈り物の最終確認だ。

あれこれとしっかり確認していると、ドアがノックされる。

「どうぞ」

入室の許可をすると、若い貴族の男が緊張した様子で部屋に入ってくる。

「お、お初にお目にかかります！　わたくし、サイール伯爵家当主をしておりますルミール・ルグル・サイールと申します！　謁見の準備が整いましたので、ご案内いたします！」

「よろしくお願いします」

俺達は彼に案内され、謁見の間の大扉の前に到着する。

衛兵が大扉を開け、俺達に深く頭を下げた。

赤い絨毯の上を進むと、今回もルイロ国王は玉座がある高段から下りて俺達を迎えた。

「ようこそお越しくださいました、使徒リョーマ様」

「お久しぶりです、ルイロ国王陛下」

「この度は我が王国最大にして凶悪なダンジョン、ガステイル帝国を攻略したとお聞きしました。その偉業を称え、ルンシュ勲章を授与させていただきたく存じます」

先ほど俺を出迎えた王太子が、装飾が施された銀の箱に入った勲章を持って前に出る。

まさか国王から勲章を賜るとは……思ってもいなかった。正直前回みたいに、簡単な謁見だけだと思ってたんだけどな。

「謹んでお受け取りいたします」

受け取ると、控えていた貴族一同が拍手をする。

俺はそれに驚いて一瞬ビクッとして、勲章を箱から落としそうになった。

拍手が静まると、ルイロ国王は再び口を開く。

「リョーマ様の後ろにいらっしゃるお二方は、新たなお仲間だとガイフォルから聞きました」

「はい。ガステイル攻略の際、二人が仲間になりました。スレイルとルシルフィアです」

二人を紹介する。この場では本来の正体を明かさず、ただ仲間だと言う。

脇（わき）に控える貴族達は、やはりルシルフィアの美貌（びぼう）に見惚れていた。

形式的な挨拶と勲章授与が終わり、俺達は謁見の間を後にし、国賓の間に戻った。

前回同様、この後王族だけのサロンに招かれて、話をすることになっている。どちらかというとそっちがメインだな。

「ようこそリョーマ様、スレイル様、ルシルフィア様」

サロンに案内されると、ルイロ国王が出迎えてくれた。

「お招きありがとうございますルイロ国王陛下。改めてご紹介します。こちらがスレイルで、こちらがルシルフィアです。ガステイル帝国を攻略するにあたって仲間になりました」

「リョーマ様がお一人であのダンジョンに向かわれたと聞いて驚きました。心配もしたのですが、攻略したと報告を受け、まさに度肝を抜かれました。さすがは使徒様だと強く再認識しましたよ」

「ねぇねぇ、ダンジョンってどんなところだったの？」

まだ幼い第三王子レオワールが無邪気に俺に尋ねる。

非公式の場だから、誰もそれを咎（とが）めず、むしろ微笑んでいた。そして、皆も同じことが気になっているようで、俺に期待に満ちた視線を向け、目を輝かせる。

「お話ししますよ。でも、その前に贈り物があるのでお受け取りください。それを摘まみながらのんびりと聞いていただけると幸いです」

「おぉ、かたじけない！」

インベントリから大量のお菓子やジュース、お酒等を出すと、皆は大興奮で自分の欲しい物を手に取る。前回渡した物が好評だったからだろう。

落ち着いたところで、ガステイル帝国の攻略について話した。

おどろおどろしい内容に幼い王子は怯え、荒事に慣れていない夫人方も青褪める。

必要以上に怯えさせないようにマイルドに脚色しながら、スレイルとの出会い、ヴァンパイアロードのヴァレンスルードやガステイル皇帝といった強敵との戦いについて話す。

特に戦いのシーンは、皆が前のめりになって手に汗握るように真剣に聞いていた。

「ふぅ……」

俺の話を聞き終えた国王達は一息つく。まるで壮大な物語を全力で楽しんだかのような疲労感が窺える。だけど、その表情は満足げだった。

その後は晩餐まで招かれ、いろいろと話すうちに宿泊することになった。

翌朝も朝食に招かれた後、俺達は手配してもらった馬車で王宮を後にし、屋敷へと戻った。

「おかえりなさいませ」

サンヴァトレが出迎えてくれるのを見て、ほっと一息つく。

「ただいま。ん～、やっぱり我が家が一番だな。王宮はさすがに緊張しちゃうよ」

背伸びをする俺にルシルフィアが微笑む。

「よ～し、ボードゲームしようか！」

スレイルに言うと、「うん！」と元気よく返事をした。


それから数日、俺達は特に何をするでもなくダラダラと過ごしていた。

俺はソファーに寝っ転がって固有空間から持ち出したラノベを読み、スレイルとルシルフィアはボードゲームで遊んでいる。

「ん、帰ってきたか」

と、俺はふいにラノベをパタンと閉じ、ソファーから起き上がった。

かなりレベルが上がって、神様ポイントを使ってステータスを上げたおかげか、以前に比べてかなり気配に敏感になったのだ。

「誰が来たの？」

スレイルは頭を少し傾げて聞く。

「二人に紹介したいと思ってた、俺の友達だよ」

「お兄ちゃんの友達!!　僕も友達になれるかな？」

「きっとなれるよ。すごくいい人達だし、面倒見もいいんだよ」

「でしたら私も是非ご挨拶をさせてください」

そう言ってルシルフィアが微笑む。

彼女はこれまでの言動を見る限り、俺やスレイルにしか関心がないらしい。国王や王族、俺の家で働く人達に対しても興味がないような素振りを見せるのだが、そんな彼女が積極的にそう言うのでちょっと嬉しかった。

ほどなくして、サンヴァトレが部屋に来る。

「リョーマ様、ロマ様とタオルク様の御一行がお越しになりました。いかがなさいますか？」

「すぐに会いたいからここに連れてきてください」

「かしこまりました」

それから五人の気配が俺達のいる部屋にどんどん近付いてくる。

コンコンとドアがノックされ、「お連れいたしました」とサンヴァトレが告げる。

「どうぞ」

サンヴァトレがドアを開け、四人が中に入ってきた。

久しぶりに会うロマ、フェルメ、ルインは満面の笑み。タオルクは欠伸をして、頭をガシガシと掻きながら部屋に入ってきた。

「久しぶりだね！　さあ座って座って！」

「久しぶりだな、リョーマ！　なかなか戻ってこなかったから、ダンジョンの攻略に手こずってるのかと思って心配したぞ」

「お久し振りです、リョーマ様！」

「リョーマならあっという間に攻略するって思ったッスよ！」

「アハハ……そうはいかなかったね」

ロマ、フェルメ、ルインに苦笑いで答えると、タオルクも含めた四人は驚く。

「使徒のお前でも厳しいダンジョンだったのか……」

タオルクは言う。

「まぁ、他の使徒だったらあっという間に攻略できてたと思うけど、俺はまだまだ弱いからね……それで、皆に紹介したい人がいるんだ」

まずはスレイルに前に出てもらう。

出会ったきっかけを皆に話すと、かなり驚いていた。特に、元はスケルトンの子供で、進化をして今の姿になったという部分に衝撃を受けているようだった。

「あ、あの、スレイルです！　よろしくお願いします！」

緊張しているのか、ぎこちなく挨拶をして頭を下げるスレイル。

「リョーマの仲間なら俺の仲間だ！　よろしくな！　俺はロマだ！」

ロマはすぐに受け入れてくれる。

「リョーマ様のお仲間でしたら信用しないわけないです！　これからもよろしくねスレイル君！

私はフェルメです」

フェルメはスレイルに微笑む。

「俺はルイン！　よろしくッス！」

はにかむルイン。

「……俺はタオルク。まぁよろしくな」

タオルクだけは若干警戒してる雰囲気がする。

スレイルの実力を肌で感じているといった様子だ。見た目は子供だけど、侮れないと思ってるのかもしれない。

「それで、こっちの人がルシルフィア。その、大天使なんだけど……」

「ルシルフィアと申します」

「ルシルフィア、本当の姿になってもらっていいかな？」

『はい』

翼を隠す幻影（げんえい）を解くと、ルシルフィアの背に三対六翼、純白の翼が現れる。声も普通に聞こえるものではなく、頭の中に直接響く感じだ。

ついでにスレイルの幻影も解いてもらい、元の尻尾（しっぽ）のある姿になった。

「「「「!?」」」」

これに四人は絶句する。

そりゃ、超常の存在である天使、それも大天使が目の前にいるのだ、驚かないわけがない。そのせいで落ち着くまでに割と時間がかかってしまった。

俺としては、皆には仲良くしてほしかったのだが、どうやら問題はなさそうだな。

それから俺のダンジョン攻略の話が聞きたいということで、お菓子や飲み物をテーブルに広げ、それをつまみながら聞いてもらった。

俺の話はやはり驚きの連続だったのだろう、ロマ達は度々お菓子をつまむ手を止めて、前のめりになって話に聞き入っていた。

「……はぁ～。なんというか、凄すぎる……」

ロマは脱力し、ソファーの背にもたれて呟く。フェルメ、ルインも同様に頷く。タオルクは言葉もないという感じでコーヒーを飲んでいた。

今度はロマ達の話を聞きたいと思ったのだが、色んな意味で疲れたということで四人は休むことになった。四人はそれぞれの部屋に戻っていく。

「時間も時間だし、お風呂に入ったらご飯にしよう」

「一緒に入るー!!」

『ご一緒いたしますね』

そうして今日も、三人で大浴場に向かうのだった。

第2話　シャンダオの商人

お風呂を上がり、ご飯を食べた後はそれぞれの部屋で休む。

というわけで、スマホを開いて妖精(ようせい)の箱庭アプリをいじることにした。

これは文字通り、妖精が暮らす箱庭を管理するアプリゲームで、このアプリ内で作られたアイテムをこっちの世界でも使えるという優れモノだ。

画面内は、海に孤島がぽつんとあり、その中央に世界樹の若木が聳(そび)えている。

そして妖精ポイントという、このアプリ専用のポイントを使うことで島の面積などを拡張できるのだが……ポイントが貯まっていたため、島の面積を元の五十倍近くまで広げ、妖精も千匹まで増やした。

そして、大きな鉱山も追加した。妖精ショップに追加されていた採掘道具を購入すると、数十匹の妖精がアイテムを使って作業を始める。

魔法とアイテムを駆使してあっという間に坑道が構築され、アイテムボックスには次々と採掘された鉱石や宝石の原石が溜まっていた。

それと同時に、妖精ショップに加工施設が追加されたのに気付いた。

島を大きくはしたが、中心部分の農林畜産業エリア以外は手付かずだから、空いている南エリアに工業施設を設置する。

するとそこにワラワラと妖精が集まって、鉱石や宝石の原石を加工し始めた。

一生懸命働くその姿に思わずほっこりする。

ポイントはまだ余ってたから、溜池やら小川やらいろいろ環境を追加して……気が付けばすっかり朝になっていた。

そろそろサンヴァトレがやってくる時間なので、ベッドから出た俺は、シルクのパジャマを脱ぎ捨ててラフな洋服に着替える。

するとちょうどいいタイミングで、扉がノックされた。

「リョーマ様、おはようございます。ご朝食の準備ができました」

「わかった。皆は？」

「食堂に集まっておりますということで、少し早足で食堂に向かった。

「皆、おはよう！」

席に座って挨拶をする。長テーブルの向かって右側にロマ達が座り、左側にスレイルとルシルフィアが座っていた。

俺が着席したところで、まずはグラスに飲み物が注がれ、料理が並べられる。

どうやら、俺が来る前に互いにいろいろ話したみたいで、ロマ達とスレイルやルシルフィアはすっかり馴染んだようだった。

スレイルがご飯を美味しそうに食べる姿に一同和んだりしながら、楽しい朝食は終わり、談話室に移動した。

「ふぃ～。やっぱリョーマのところで食べるご飯は美味しいな！」

ロマは満足げにお腹をさする。

うちで出している料理は、妖精の箱庭でとれた絶品の素材を一流のシェフが調理しているからな。

「本当に。普通の宿のご飯じゃ物足りなく思ってしまうようになりました……」

少し恥ずかしそうに言うフェルメ。

まぁ確かに、ギルド通りに並ぶ宿屋のご飯に比べたら、天と地の差になってしまうだろう。

「リョーマはしばらくは旅に出たりはしないのか？」

タオルクが聞いてくる。

「そのつもりだよ。特に何かしようなんてことは考えてないかなぁ。まぁのんびりしてるよ」

「んじゃあ、俺達もゆっくりするか」

タオルクの言葉にロマ達は嬉しそうに賛成する。

「ロマ達はダンジョン攻略の方はどう？　たしか、ファー賢老の塔だったよね？」

四人はこの王都近くの、俺達が攻略したのとは別のダンジョンに挑戦してたんだよな。たしか魔道具が多く産出されるダンジョンで、低ランクの冒険者でも入りやすい場所だった気がする。

昨日は俺の話をしたから、今日はロマ達の冒険譚を聞きたい。

スレイルは俺の隣でワクワクしていて、それを見たロマ達は攻略の様子を話し始める。

「めっちゃデカかったッス！」

「確かにな！」

ルインの言葉に、ロマが頷く。

この世界ではどのダンジョンも、出入り口となる場所には白亜の石柱がある。それをすり抜けると、その先がダンジョンになっているのだ。

そしてファー賢老の塔では、その石柱の向こうに、天を突き抜けるほどに高く聳える塔があるそうだ。一階層だけでも都市ファレアスぐらいの広さがあり、塔の入り口も巨大で、巨人が背伸びしても通り抜けられそうなほどだという。

塔の中も、天井が何百メートルもありそうなほどに高かったらしい。

迷路のように入り組んだ大きな幅の通路の壁には大小様々な扉があるようで、中は部屋だったり別の通路だったりしたという。

そして探索を始めるとすぐにゴブリンが現れる。しかもそのゴブリンはただのゴブリンじゃなくて、いきなり魔法攻撃をしてきたというから驚きだ。

「結構複雑なダンジョンなんだね」

「ああ。しっかりマッピングしないと確実に迷う、いやらしい構造だったな。見ろよこれ」

タオルクは懐から折り畳まれた紙を取り出し、広げる。

びっしりと通路やら部屋やらが書き込まれていて、その広大さと複雑さに思わず目を見開いてしまった。

「しかも、これだけ広いのに次の階層に繋がる道が一本しかなくて、それを探さなきゃいけないのが辛かったな」

「うわぁ……」

こっちはこっちで過酷そうだな。

それから話を聞いていると、現在ロマ達が探索しているのは、五階層らしかった。

「階層が上がるごとにモンスターは強くなるし、また一からマッピングしないといけないから思ったように進まなかったな」

五階層の時点でマジックオーガやマジックサイクロプスという魔法を使うモンスターが現れるようになり、ロマ達は苦戦しているという。

未踏破のダンジョンなので最終的にどこまで続いているかはわからないが、たしか現在の到達階層は二十四階層。それを考えると五階層はまだまだ序盤(じょばん)だと思うが、そんな強いモンスターが出るなら、十階層、二十階層、そしてその先には何が現れるのやら……ダンジョンが未攻略なのも頷ける。

それから、ルインが迷子になりそうになったり、ロマとフェルメがちょっといい雰囲気になったりと、楽しそうな話を聞かせてくれるロマ達。

そんな時に、サンヴァトレが部屋に入ってくる。

「ご歓談中、失礼します」

そう言って俺のそばに来て耳打ちする。

「シャンダオの商人を名乗る人物が、リョーマ様に謁見を賜りたいとお越しになられてますが……いかがなさいますか?」

「シャンダオ?」

たしか、商人達が寄り集まってできた国だっけ。

使徒の集会の時に、皇(すめらぎ)――この世界でも古株の使徒が教えてくれたような……

せっかくだから会ってみようかな。

「皆、ごめん。お客さんが来たみたいだからちょっと行ってくるね! 皆はそのまま話してて」

お菓子やジュースを出して、俺は部屋を出る。

そしてサンヴァトレに指示を出し、その商人を応接室に通すように手配した。

応接室で待つこと十分。その男はやってきた。

「お連れしました」

「どうぞ」

部屋に入ってきた男は、腰を深く曲げて頭を下げる。

「お、お初にお目にかかります！　わたくし、シャンダオから参りました、フダス商会を営んでおりますジェロニアと申します！　使徒リョーマ様と謁見できたこと、幸甚(こうじん)に存じます！」

「リョウマです。どうぞお掛けになってください」

「はい！」

ぎこちない動きで対面に座るジェロニア。

俺はまっすぐ彼を見るが、ジェロニアは伏し目がちにチラチラと俺を見る。

「……」

「……」

しばらく沈黙が続く。

「えっと……本日はどのようなご用件でしょうか？」

沈黙で居心地が悪く、自分から切り出す。

「あ、は、はい!!　し、使徒リョーマ様にご相談したいことがありまして……そ、その前にどうぞこちらをお受け取りください！」

ジェロニアは自分のバッグから、いくつもの見事な宝飾品を出してテーブルに並べた。

「こちらの品々は、使徒リョーマ様に献上させていただきたくお持ちいたしました！　どうぞお納めください！」

俺は目を細めて、宝飾品と頭を下げている男を見る。

商人がこうして近付いてくるのは、何か打算があってのものだろう。以前オイグスという商人が、俺が固有空間から持ち出したジュースに興味を持ったように……

「……ありがとうございます。それで、相談したいこととは何でしょうか」

「は、はい……リョーマ様についてある噂（うわさ）を伺いまして……何やら大変珍（めずら）しいお飲み物等をお持ちだとか……」

それを聞いて俺は内心でため息をつく。ついに来たかと。

こうして直接言ってくるということは確かな情報を仕入れている、つまり隠しても無駄だろう。

俺はインベントリからペットボトルのオレンジジュースを取り出す。

「……これのことですか？」

ジェロニアはテーブルに置かれたオレンジジュースを食い入るように見る。

「ま、まさにそれのことです!!　おぉ……それが使徒リョーマ様だけが持つ大変珍しいお飲み物ですか!!　その入れ物も見たことがありません!!」

興奮し、ゴクリと生唾（なまつば）を飲み込むジェロニア。

「これを目当てにして来られたのでしたら、残念です。売り物にするつもりはありません」

「そんな……」

俺のはっきりした言葉に、ジェロニアは酷く落ち込んだ。

そこをなんとかと、あの手この手で交渉してくるが、俺はきっぱりと断る。

「以前にも、俺の持つコレに目をつけた商人はいました。オイグスという人なんですが、手に入らないとわかるやいなや、刺客を放ってきましたよ」

オイグスの名を出すと、ジェロニアはほんの一瞬だけ右の眉尻をピクリと動かす。

「そんな不届き者がいるのですか。使徒リョーマ様に刺客を放つなど、なんとも恐れ知らずなものですね」

ジェロニアはとんでもないといった様子でそう言うが、どうにも白々しい。もしかして、オイグスのことを知ってるんじゃないだろうか。

まぁ、疑っていても仕方ない。

「取引はできませんが、一杯ご馳走しましょう。こうしてお越しいただいて何もおもてなしできずに帰すのもなんですので」

このままじゃ帰りそうにもないから、とりあえず一杯だけ出すことにした。

「ほ、本当ですか！　ありがとうございます！」

サンヴァトレに客用のコップを持ってきてもらい、ペットボトルの蓋を開けて注ぐ。

ジェロニアはペットボトルの構造が気になるのか凝視している。

俺はオレンジジュースが並々に注がれたコップに手を翳し、氷雪魔法でキンキンに冷やしてからジェロニアの目の前に置く。

「どうぞ、召し上がってください」

「で、では遠慮なくいただきます……」

ジェロニアはコップを手に取り一口。そしてカッと目を見開いた。

「美味しい!! 南国のガルゴという果物によく似た味ですが……それよりもさっぱりしていて飲みやすい……それに、甘さが……ッ！ 砂糖をふんだんに使われてるのですか!?」

大袈裟なリアクションに、俺は思わず苦笑いする。

当のジェロニアはオレンジジュースの価値を脳内で試算しているのだろう、ちびちび飲みながら難しそうな顔だ。

「……リョーマ様、無理はご承知でもう一度お願いします！ 是非このオレンジジュースやリョーマ様がお持ちの物を取引していただけないでしょうか！ どうかお願いします!!」

「何度言われても変わりません。売り物にするつもりはないので、どうぞお引き取りください」

俺の態度に下唇を噛むジェロニア。

「……わかりました。重ね重ねのご無礼、申し訳ありませんでした。お時間をいただけたこと、誠にありがとうございました。それでは失礼いたします……」

ジェロニアは深く頭を下げると、サンヴァトレの案内で部屋を出ていった。

俺は一人応接室に残り、ソファーに深くもたれる。

「はぁ～……シャンダオか……」

呟いて天井を見上げる。

面倒なことにならないといいけど……しばらくは周囲を警戒することにしよう。

それから数日、逆恨みで刺客でも送られるんじゃないかとちょっと思っていたのだが、何事もなく平和に過ごしていた。

ロマ達は再びダンジョンの攻略に行き、帰ってくるのは二十日後とのこと。

俺とスレイルとルシルフィアはぐーたらと日々を過ごす。

そんなある日、俺に謁見したいという商人が来た。

それを知らせてくれたサンヴァトレによれば、その商人はまたシャンダオの者だとか。

諦(あきら)めきれないジェロニアがまた来たのかと考えたのだが、どうやら別の人物のようだ。

「ごめん。ちょっとお客さんみたいだから行ってくるね」

「はーい!!　いってらっしゃいませ、リョーマ様」

『いってらっしゃい、いってらっしゃーい!!』

絨毯の上で漫画をパラパラと読むスレイルと、大天使の姿でソファーに座って優雅に紅茶を飲むルシルフィアを残して部屋を出て、応接室でその商人を待つ。

「お客様をお連れしました」

「どうぞ」

扉が開けられ、中に入ってきたのは……

「ッ!!」

思わず目を見開いてしまった。

応接室に入ってきたのは、肥え太った男だった。

かなりの巨漢で唖然としてしまう。

まるで貴族のような服装に、宝飾品で過剰に着飾っている。両手の太い指全部に大きな宝石の指輪がはめられていて、ギラギラとした外見だ……

「お初にお目にかかります、わたくし、シャンダオから参りましたブルオンと申します」

ブルオンは窮屈そうに跪く。

「ど、どうぞお掛けください……」

「おお!! これはこれは……お言葉に甘えて」

ドカッとソファーに座る。ブルオンの体重を支えるソファーは、ギシギシと軋んでいた。

ポケットからハンカチを取り出して滴る汗を拭うその姿に、俺は若干頬を引き攣らせた。

「いやはや、さすがは使徒様!! びしばしと覇気を感じられますな!! ブハハハハ!!」

何がおかしいのか、一人で豪快に笑うブルオン。

「えっと……どのようなご用件でしょうか……?」

「そうでしたそうでした! 本日は是非、使徒リョーマ様と友誼を結びたく参りました! まずはこちらをお受け取りくださいませ!」

そう言ってアイテムバッグから、金銀財宝をテーブルいっぱいに並べる。

「献上品故、ご遠慮なさらずに!」

もちもちとしたほっぺを釣り上げて微笑むブルオン。

献上品といっても豪華すぎるし、素直に受け取っていいのかわからない。

なにせ、オイグスやジェロニアにはギラギラとした腹黒い欲望を感じたのだが、目の前にいるこの男、ブルオンからは全くそのようなものを感じ取れないのだ。

「す、凄い品々ですね……」

「そうでしょうとも！　王家に献上できるほどの品だと自負しております！」

その言葉通り、どれもこれも見惚れるほど芸術的で、素人が見ても傑作とわかる宝だ。

それを用意してくるあたり、只者(ただもの)じゃないのは窺える。

「どうでしょうか！　気に入っていただけましたでしょうか？」

「え？　あ……はい……とても素晴らしいと思います……」

俺の答えに満足そうに頷くブルオン。顎(あご)の脂肪がタプタプと揺れている。

「先ほども申しました通り、わたしはリョーマ様と知り合いたく参りました。わたしにできることがございましたら、何なりとお申し付けください！　それと先日、ジェロニアという若造がご迷惑をおかけしたようで、代わって謝罪いたします」

ブルオンは深く頭を下げる。

「あ、頭を上げてください!!　誠意は受け取りました！　そ、そうだ！　友達になってくれるんでしたら、こちらからも何か贈り物をしないといけませんね！」

スマホを取り出してインベントリを見る。

固有空間から持ち出した物で、何かちょうどいい物がないか探す。

見た目で判断しちゃうけど、食べ物がいいだろう。ダンジョンの戦利品である高級オーグル肉や妖精の箱庭で妖精達が作った野菜、調味料としてステーキにちょうどいいクリスタルソルトやソースをいろいろ出す。

それを食い入るように見るブルオン。ゴクリと生唾を飲み込む。

「どうぞ受け取ってください。友としてお贈りいたします……ですが一つ約束してください。安易に売りに出したり、噂を広めたりするようなことはしないと」

「も、もちろんですとも!! このブルオン、命を懸けて誓いましょう」

ブルオンは俺からの贈り物を慈しむように、まるで宝物のように丁寧に自身のアイテムバッグに仕舞う。お宝の品々を出した時とは大違いだ。

そんな彼の様子に苦笑いしながら、俺も献上品だという品々をインベントリに仕舞った。

その後は軽い雑談をし、シャンダオのことも少し教えてもらった。

シャンダオという国の正式名称は、協商人国シャンダオ。

そのシャンダオを取り纏めているのは、世界に名を轟かせる三豪商で、海運の王ポリアネス、空運の覇者アリドス、陸運の巨人ベンジャーノ。この三人が実質的に支配しているんだとか。

それを聞いて俺はなるほどと思った。

使徒の集会の時、皇が言っていたのだ。

シャンダオは国として使徒に匹敵する化け物であり、使徒一人が相手なら互角にやりあえる力があると。

陸海空を制する力があるのだから、かなり面倒な相手に違いない。

そんな雑談も終わり、ブルオンはほくほく顔で帰っていった。

俺も何だか疲れた気分になり、部屋に戻る。

「おかえりなさい、お兄ちゃん!!」

『おかえりなさいませ、リョーマ様』

二人に出迎えられて心が和む。

「どんな人だったの～？」

「ん～？　なんか俺と友達になりたいって人だったよ」

「そうなんだ！」

無邪気に答えるスレイルに、癒やされたのだった。


ブルオンと知り合ってから二ヶ月ほど経ったが、俺の生活に変わりはなく、平和に過ごしていた。

スレイルとルシルフィアと遊びに行ったり、ロマ達が遊びに来たらもてなしたり。ルイロ国王や王族との交流も行っている。

そして今日は俺の屋敷で、ガイフォルとそのご家族との夕食会の予定だった。

「サンヴァトレ、夕食の準備はできてる？」

「抜かりなく、万全でございます」

「わかった。いつもありがとうね」

「もったいなきお言葉。リョーマ様にお仕えできてとても幸せです」

最高の料理はできているし、後はガイフォルとご家族が到着するのを待つのみ。

しばらくして、サンヴァトレが到着を知らせてくれる。

スレイルとルシルフィア、サンヴァトレと共に玄関へ向かい、ガイフォルとご家族を出迎えた。

「ようこそ！　歓迎いたします。どうぞ寛いでいってください」

「これはこれはリョーマ様！　ご紹介いたします。こちらが私の妻のミヒェーラです」

「ミヒェーラと申します。使徒リョーマ様にお会いできて光栄です」

そう挨拶をするのは、白から青へ変わるグラデーションカラーのドレスを着て、白塗りのおめかしをした可愛らしい女性だ。青色の綺麗な宝石の首飾りがよく似合っている。

「こちらが息子のリオスです」

「お、お初にお目にかかります!!　リオスです!!　よろしくお願いします!!」

リオスと名乗った少年は、刺繍の施された赤色のコートに黒のウエストコート、白のブリーチズを穿いていて、首にはジャボというフリフリの飾りを着けている。

十歳くらいの利発そうな可愛らしい男の子で、ガチガチに緊張しながら片膝をついて挨拶してくれた。

ちょうどスレイルと同い年くらいだろうか、仲良くしてくれるといいな。

「ご丁寧にありがとうございます。さあ、どうぞこちらへ！」

俺はガイフォル一家を、夕食会の会場となる部屋に案内する。

今回は上下関係とかを取っ払って気軽に食事して話ができるように、円卓のテーブルにした。

席に座った俺達は、お互い軽い挨拶を交わし、まずは乾杯をする。

大人用のグラスに注がれるのは固有空間から持ってきたシャンパンで、子供二人はジュースだ。

乾杯をすると、スレイルとルシルフィアはもう飲み慣れてるから特に驚いたりはしないが、ガイフォル一家は目を見開いていた。

「驚くのはまだ早いですよ」

妖精の箱庭で妖精達が育てた野菜を使った、極上の前菜が運ばれてくる。

ガイフォル達は美しく盛り付けられた色とりどりの前菜に釘付け（くぎづ）けになりつつ、手を付けるのがもったいないと言いたげな表情で口に運ぶ。

「「「……!!」」」

言葉にならない様子の三人だ。

俺も一口食べる。

「ん！　美味しい！」

「美味しいね！」

スレイルは満面の笑みを浮かべる。ルシルフィアも美味しそうに静かに食べていた。

「さ、さすがはリョーマ様です……」

そう呟くガイフォルの横では、ミヒェーラが恍惚（こうこつ）とした表情で、リオスはといえば前菜を口に運ぶフォークが止まらない様子だ。

次に運ばれてきたのはスープ。妖精の箱庭で作られた野菜のポタージュだ。

スプーンで掬い一口飲む。

素材の味を最大限活かし、なおかつ口触りが滑らかで軽い。口の中いっぱいに濃厚な風味が広がり、極上の香りが鼻から抜ける。

地球でもここまで凄い物は口にしたことはない。それほどまでに、妖精達が作った野菜は凄かった。

「まさに神々の料理と言っても過言ではないでしょう……」

ガイフォルが呟く。

「まだまだありますからね」

俺の言葉にハッとするガイフォルとミヒェーラ。もう既にメインを食べ終えた気になっていたようだ。リオスは次の料理が待ち切れないという顔をしている。

次の料理は魚。

この魚は首都の外、山を越えたところにある湖に、スレイルとルシルフィアの三人で遊びに行った時に釣ったものだ。

レクバロブリムという、全長五メートルはある巨大魚で、警戒心が強く、滅多に釣れない。そのため、湖の幻とも呼ばれている。

そんな巨大魚も、氷雪魔法で瞬間冷凍しているから、鮮度は抜群。

前菜やスープみたいなインパクトには欠けるものの、料理人の腕によってものすごく美味しいクリーム煮に仕上がっている。

ゴクリ。誰かの喉が鳴った。

シャンパンも飲み終えたようなので、給仕達がワイングラスに白ワインを注ぐ。これも固有空間から持ってきた物。両親から送られてきた物の中にあった最高級の白ワインだ。

まずはレクバロブリムのクリーム煮を食べる。

「この魚はね、僕が釣ったんだ！」

スレイルが自慢げに言うと、リオスは目を見開いていた。

「凄い！　僕もこんな美味しい魚釣ってみたいなぁ」

「それじゃあ今度、一緒に釣りしようよ！」

子供同士で会話が弾んでいる。その様子に俺とルシルフィアはもちろん、ガイフォルとミヒェーラも和んでいる。

「しかし、美味しいですねこの魚は」

ガイフォルは感心したように言う。

「たしか、レクバロブリムっていう魚だったかな？」

俺の言葉に驚きを見せるガイフォル。

「レ、レクバロブリムですか!?」

滅多に釣れない高級魚だし、そう驚くのも無理はないだろう。

「ハ、ハハハハ……」

ガイフォルは驚き疲れたのか乾いた笑いをあげ、ワイングラスに手を伸ばし——一口飲んで目を見開いた。

「う、美味い‼」

「この魚に合うように選んでみました。喜んでいただけて幸いです」

ガイフォルはこくこくと頷きながら、あっという間にワインを飲み干していた。

さて、次はメインと行きたいところだが、一旦お口直しだ。

妖精の箱庭で作られた、ピルティスという桃に似た果物をシャーベット状にした物が並べられる。

スプーンで掬って食べると、果物の芳醇な甘味が口の中いっぱいに広がった。ひんやりと心地よく、一瞬にして口の中がさっぱりする。

妖精達が丹精込めて作った果物だ、やはり極上に美味しい。

そして、このシャーベットに一番反応したのはミヒェーラだ。

「リョ、リョーマ様‼　すごく美味しいです‼」

「喜んでいただけてなによりです」

彼女はしっかり味わいながらシャクシャクと口に運ぶ。あっという間に器の中は空になり、物足りなさが顔に出ている。

一応予備はあったから、それを提供すると大喜びした……ガイフォルは少し呆れていたけど。

さて、お口直しが済み、いよいよメインとなる肉料理だ。

こちらは、以前足を運んだ、ラフティア牧草原というダンジョンで手に入れた牛型モンスター、ランペルホルタンの極上フィレ肉にした。

肉質は従来の牛フィレ肉よりも格段にきめ細かく滑らかで、甘味が強い。しかもナイフを置いただけでスゥッと肉が切れるほどに柔らかく、舌の上で溶けてしまうほどである。

まさに奇跡の肉だと、美食家達は絶賛するらしい。

そのランペルホルタンの極上フィレ肉は、彩り野菜を添えたポワレにした。野菜はもちろん妖精達が作った物。

「す、凄い……」

ガイフォルはナイフを入れた際の柔らかさに驚愕する。そして、それを口にして目を瞑り――一滴の涙が頬を伝った。

「こんな美味しい物が存在してたのか……」

そんな彼の様子を見て、喜んでもらえたとホッとしつつ、俺も一口。

「～～ッ!!」

味見はしているが、やはり美味すぎる。何度食べても衝撃を受ける美味しさだ。

今度ロマ達にも食べさせて驚かせてやろうと、心の中で笑みを浮かべる。

ミヒェーラは一口一口を噛み締め最後まで味わい余韻に浸り、リオスはスレイルと一緒になって美味しい美味しいと大騒ぎだ。

「リョーマ様と一緒にいると驚くことばかりですね」

大天使であるルシルフィアにとっても美味しかったようで、彼女はそう言って微笑む。

メインの肉料理を食べ終え、余韻に浸りながらも後ろ髪をひかれる思いで最後のデザートだ。

ただ、デザートはあえて凝った物にせず、固有空間から持ってきた高級アイスを皿に盛り付けただけの物を出した。

これはこれで美味しいし、ここまでやりすぎた感があったので、軽い物にしたのだ。

それでも地球のアイス、それも高級品は大好評で、ガイフォルとミヒェーラとリオスはおかわりをしていたのだった。


食後のお茶で落ち着きを取り戻しつつ、歓談する。

「いやはや、今回の夕食会は全てに驚かされました。大変満足いたしました」

「そう言っていただけると嬉しいですね」

あの料理が良かった、いやあちらも……などと話しつつ、ソファー等がある寛げる部屋に移動し、さらに親睦(しんぼく)を深める。

俺達には軽い酒とつまみを、スレイルとリオスにはジュースとお菓子を出す。

俺のダンジョン攻略の話が聞きたいということで、話すと楽しんでくれた。

スレイルはリオスとすっかり仲良しになって、自分の部屋からボードゲームを持ってくると、リオスに遊び方を説明して一緒に遊ぶ。

このボードゲームは俺の固有空間にあった物なのだが、スレイルはすっかり気に入って、屋敷にいる時はいつも遊んでいる。

リオスは珍しい遊びに大喜びで、ガイフォルとミヒェーラも興味を示していたので、六人でボードゲームをして、遅い時間まで楽しんだのだった。

第3話　密会

ガイフォル一家との夕食会の二日後。

ガイフォルからの紹介で、王都でも有数の商人であるサリオンという人物が、俺の屋敷にやってきた。

「はじめまして、使徒リョーマ様！　わたくし、サレイヌ商会の会頭をしております、サリオンと申します!!　お目にかかれて大変光栄です!!」

「リョウマです。よろしくお願いします。いやぁ、すぐに来てくれて嬉しいです」

「使徒リョーマ様のためでしたら、真っ先に駆けつけます！　リョーマ様とご縁を結べたこと、我が商会にとってはこの上ない喜びです。何なりとお申し付けくださいませ！」

ものすごく張り切っている様子だ。

今回彼を呼んだのは、妖精の箱庭に関係している。

俺の妖精達に、世界樹の恩恵と加護、そして俺のスキルである豊穣（ほうじょう）の恵みにより、常に大豊作。

そしてその収穫物は、自分たちでは処理しきれないほどの量になっていた。

妖精の箱庭の機能の一つであるアイテムボックスには、首都サンアンガレスの人達全員が十年はお腹いっぱい食べられるぐらいの野菜や果物がある。しかも今現在も数百の妖精達がせっせと収穫してはアイテムボックスに入れている。

その余った野菜や果物を、どうにかできないのかと考えたのである。

「サリオンさんをお呼びしたのは、これを買い取っていただきたいと思いまして……」

あらかじめアイテムボックスからインベントリに移しておいた野菜を、いくつか取り出して見せる。

すると商売の話になった途端、サリオンは商人の顔つきとなった。

「手に取ってもよろしいでしょうか」

「はい、どうぞ」

野菜の一つを手に取って隅々まで見るサリオン。

「……これは素晴らしい!!　今までに見たこともない最高の野菜ですね!!」

「ありがとうございます。味見してみますか？」

「是非!!」

ということで、あらかじめ用意してあったサラダとフルーツの盛り合わせを使用人に運んでもらう。まずはサラダを小皿に分けて食べる。

「ッ‼　美味しい‼　味は濃厚で、それでいて優しい香りが口の中いっぱいに広がって、心地よく鼻から抜ける……風味豊かな至極の野菜ですね‼」

　小皿に取り分けられたサラダはあっという間になくなり、おかわりをするサリオン。

　それも平らげると満足したのか、次はフルーツに手を伸ばす。

「ッ‼　なんという豊潤な味でしょう‼　それに甘みも強い‼　なのにさっぱりしていて心が満たされていく……」

　感動のあまりか、目にうっすらと涙が滲んでいる。

「どうでしょうか？　この野菜を俺の代わりに売っていただけると嬉しいんですが……」

「おお、それは是非！　むしろこちらからお願いしたいくらいです‼　ですがこれほどの物となりますと……量にもよりますが、仕入れのための金額をお支払いできるかどうか……」

「でしたら後払いで、利益の三割で構いませんよ。販売方法はお任せします」

「そんな⁉　我々の利益が大きすぎます‼　せめて六割でお支払いさせてください‼」

　正直、努力して手に入れた物というわけでもないから、あまり儲かるのもなという気がしてるんだよね。

「うーん、それじゃあこうしましょう。サレイヌ商会は利益の四割を、自分は四割。残りの二割は自分とサレイヌ商会からという形で、慈善団体や慈善事業に寄付をしてください」

「……」

　俺の言葉に、サリオンは目を閉じて考え込む。いろいろなことを計算してるのだろう。

そして、目を開いてまっすぐに俺を見つめて口を開いた。

「是非我々にやらせてください!!」

どうやら、商会にとって莫大(ばくだい)な利益に繋がると考えたようだ。

まずは様子見ということで、七百キロほどの各野菜と果物を提供し売ってもらうことにした。

サリオンの持つアイテムバッグは特製の物らしく、大量の野菜も余裕で収まり、なおかつ時間が止まっているから腐る心配もないらしい。

契約書を交わし、その場で商品を受け渡した。

「それじゃあ、よろしくお願いします」

「はい!! 必ず完売させてみせます!!」

少し歓談してからサリオンはウキウキと帰っていった。

それから数日後、サレイヌ商会で野菜が売り出された。

しかし売り方は任せると言ったが、まさか大々的に使徒の野菜として売り出すとは……

結果として、爆発的に知れ渡ることとなり、最低でも千ビナスという圧倒的な価格にもかかわらず、七百キロもの量があっという間に完売したらしい。

主に貴族が買い付けていくのだが、他のお金持ちの商人もこぞって買いに来ているそうだ。

俺の野菜の売上は二百十三万四千九百二十一ビナス。その四割が俺のものになるから、八十五万三千九百六十八ビナスとなる。

サリオンはきっちりと支払いに来て、再び次の販売のために俺から野菜や果物を仕入れていく。

その時に、いろいろと話してくれた。

「寄付の件もつつがなく行いました。まず手始めに、教会が営む各孤児院に、我が商会とリョーマ様の連名で寄付いたしました。大変喜んでいましたよ」

「それは良かったです。貧しい子供達が一人でも減ると嬉しいですね」

首都に初めて来た頃、路地裏で浮浪児達を見たことがある。彼らがお腹いっぱい食べられるのが当たり前になるまで、寄付をしよう。それが俺の一つの野望だ。


妖精達の野菜を売り始めて三日後、シャンダオの商人、ブルオンが再び訪ねてきた。

ブルオンが待つという応接室に向かって入室すると、ブルオンは跪いて待っていた。

「謁見の機会を賜り、感謝申し上げます」

「ブルオンさん、どうぞソファーにお掛けになってください」

ブルオンは俺の言葉に従い、立ち上がってソファーに座る。

そして懐からハンカチを取り出すと、額に滲む汗を拭ってニタリと笑みを浮かべた。

「どうぞお納めください！　リスターヌで作られた最高級のワインでございます！」

「おお！　ありがとうございます。ではこちらも」

ブルオンがボトルを机の上に置くのを見て、俺もインベントリから日本のブランドウィスキーの十二年物を出して渡す。

「それは自分の故郷のお酒で、樽で十年以上熟成させた高級酒です」

「ほうほう!!　それは凄い!!　さっそく開けてもいいでしょうか!?」

いても立ってもいられないという興奮した様子で聞いてくるので、グラスと氷を用意して、ロックで飲むことを勧めた。

グラスに注がれる琥珀色のお酒。熟した果実のような匂いが香る。

ブルオンはそれを軽く口に含むと、脂肪の乗った瞼をクイッと持ち上げた。

「こっ、これは!?　まろやかでありながら奥が深い……!!　香りもとても強く、樽の重厚感と甘く華やかな匂いが鼻を抜けますね……こんなお酒、飲んだことありません!!」

すっかり大興奮なブルオンとしばらく歓談していると、ブルオンはキラリと目を光らせた。

「時にリョーマ様。巷では使徒の野菜やら果物やらと話題ですな」

「そのようですね。一応、ちゃんと俺が提供した野菜なので嘘偽りではないですよ」

「えぇえぇ、存じ上げてますとも。私も口にしましたが、あれはまさしくリョーマ様のお野菜ですな」

ほろ酔いで気持ちよさそうだったブルオンは、スッと真顔に戻る。腫れぼったい瞼のせいで薄く開かれた目が、さらに細くなった。

「リョーマ様もお人が悪い。私に任せていただければ、今の十倍は利益になりますのに」

「ははは!!　それも考えましたが、ブルオンさんとは商人としてではなく、友人として今後も付き合いたいと考えたので、他の人に任せてみました」

「ぬぅ……そう言われると弱りますなぁ。では、友人としてリョーマ様の商売の協力をさせていただけないでしょうか？」

「協力ですか……う～ん……」

俺は腕を組んで考える。

ブルオン個人としてはいいけど、ブルオンはシャンダオの人間だから、シャンダオがしゃしゃり出てくる懸念を考えると……

「すみません、ブルオンさんの申し出はすごく嬉しいのですが、現状に満足してるので……」

「……そうですか。では、私が必要になりましたらいつでもお申し付けください！　いつでもリョーマ様のお力になりますよ！」

「ありがとうございます」

その後はお酒を酌み交わし、夕食をご馳走した。

美味しい物をたくさん食べて、ブルオンは上機嫌で帰っていった。


妖精の箱庭で作った野菜を売り始めて二十日余り、噂が噂を呼び、サレイヌ商会は飛ぶ鳥を落とす勢いで躍進（やくしん）している。

国内はおろか、国外から買い付ける商人が多く訪れる始末だ。

独占販売しているから、他の商人からやっかみもあるようだが、俺が後ろ盾になっているようなかたちになっていることもあり、誰もサレイヌ商会に手を出せないでいた。俺自身、かなり儲けさせてもらっている。

ここで一つ問題なのは、シャンダオだ。

どうやらサレイヌ商会に頻繁に接触しているようなのだ。

そのことについて、ブルオンを呼び出して話をした。

「ブルオンの方からシャンダオにあまり首を突っ込まないようにお願いできないかな」

「そ、そう申されましても……」

高そうな指輪が煌めく、クリームパンのような脂の乗った手でハンカチをつまみ、額に浮き上がる汗を拭うブルオン。

「シャンダオは商人で成り立っている国家です。今回の接触も、個人の商会というよりは、国全体が気になっているようです。なにせ商人ですから、儲けには貪欲な性でして……こればっかりは私にはどうにもなりません。ですが、リョーマ様のお作りになられた特別な野菜を我々の方でも取引させていただけるのでしたら、それを交渉材料に尽力することはできます。いかがでしょう？」

ブルオンの目が細く、鋭くなる。

俺は目を瞑り、腕を組んで考える。

この際、野菜や果物を売るのはしょうがないだろう。

サレイヌ商会にしてみれば、独占することで生み出していた儲けが減ることにはなるが、それでトラブルが起きては仕方ないから、受け入れてくれるはずだ。となれば、ここは大人しくブルオンに任せることにするべきか……

きっぱり断ってしまうこともできるが、サレイヌ商会はおろか、フィランデ王国に迷惑をかけてしまうかもしれない。

この国に思い入れもないならそれでもいいかもしれないが、国王や王室、色んな人と関わってきた。見捨てる選択肢はない。

使徒の立場で、毅然とした態度を取れればいいのだが、俺の力はまだまだ未熟だ。

となると他の使徒に頼ることになるが……と、五人の顔を思い浮かべる。

皇にはいろいろお世話になったし、面倒事には巻き込みたくない。樋口さんは……う～ん、あまりこういうことには頼りにならないかも。ヴィジュファーは……一番頼みやすい間柄だけど、なんだかやらかしそうで怖い。志村さんはどこにいるのかわからないし、ユシルさんは人間達の争い事に関心がなさそう。

そう考えると、やはり自分の力でできる限りのことをするしかない。

ここは穏便に済ませるために、ブルオンに協力してもらうのがいいか。

「――わかりました。野菜と果物の取引をします」

「おお!!」

「ただし!!　シャンダオを抑える協力をしてもらうのが条件です。これ以上シャンダオの商人がサレイヌ商会に接触しないようにしてください」

「もちろんですとも!!　商売の神ラストス様に誓って、サレイヌ商会にこれ以上余計な接触をしないように尽力いたします!!」

こうしてブルオンと取引をすることになった。

一応、サリオンにも報告の手紙を送ってから、ブルオンと契約の内容を詰めていく。

契約はサレイヌ商会としたのと同じ、互いの利益は四割ずつ。残りの二割は慈善団体、慈善事業へ寄付すること。

支払いはシャンダオの通貨であるドラルで支払うということになり、ブルオンと取引した野菜や果物はシャンダオに運び込まれて売り出すという。ちなみに、一ドラルが六ビナスとなる。

輸送費や護衛費などの人件費諸々を考えてあっちではさらに割高な値段で売られることになるだろうが、それでも確実に売れるだろうと、ブルオンは嬉しそうだった。


五日後、野菜や果物の受け取りのためにサリオンが屋敷へやってきた。

「先日はお手紙をありがとうございました。おかげさまで、シャンダオの商人からの接触は嘘のようになくなりました。これで心置きなく商売ができます。あの大国に睨(にら)まれたら、この街はともかく他のところで商売はできなくなりますから、ヒヤヒヤしました……」

「本当に迷惑をかけてすみません。もしまた何かありましたら言ってください」

どうやらブルオンはきちんと約束を守り、シャンダオの商人を抑えているようだ。

シャンダオ国内でも俺の野菜や果物が多く流通するようになったという噂も流れているから、彼はうまくやっているのだろう。

それからさらに三十日後、ブルオンが喜色満面で屋敷に来た。

「お世話になっております、リョーマ様」

「約束を守ってくれてありがとう。とても助かるよ」

「いえいえいえいえいえ!! 感謝するのは私の方です!! リョーマ様のおかげで、私の存在感を大いに示すことができました」

シャンダオ国内での影響力が増し、立場が上がったと嬉しく語るブルオン。

「そうでしたそうでした! こちらがリョーマ様の利益になります!」

ブルオンのアイテムバッグからお金がぎっしり入った袋がたくさん積まれる。

「九十八万九千四百二十五ドラルになります」

ビナスに換算すると、だいたい六百万弱か。すごい大金だ。

寄付の方もしっかり行ったといい、証拠として孤児院を運営する教会等の感謝状を俺に見せてくれた。

見た目は胡散臭いと思うところはあったが、信用できる男だと考えを改めた。

ブルオンは次に売る分を仕入れて満面の笑みを浮かべている。

「そうでした。リョーマ様、これを」

ブルオンは別のアイテムバッグから手紙を取り出す。しっかりと封蝋印がされた物だ。

「これは?」

「陸運の巨人ベンジャーノ様の側近の一人で、右腕のディダルー様からお預かりしました封書でございます」

陸運の巨人ベンジャーノといえば、以前教えてもらったシャンダオの実質的な支配者の一人だ。

その右腕ともなれば、シャンダオ内でも大きな力を持っているはず。

そんな人物が俺に手紙とは……何事だろうか。

俺は身構えつつ、封蝋印を外して手紙を読んでみる。

「……」

内容は綺麗な言葉で回りくどく書かれていたが、要約すると秘密裏に謁見を賜りたいということらしい。

そして、こうも書かれていた。

シャンダオは俺の籠絡を計画していると。

この手紙を読み、俺の気配が変わったことに鋭く察知するブルオン。

「な、何が書かれていたのでしょうか？」

どうやら手紙の内容は把握していないらしい。もしその計画が本当だとしたら……

「なんでもないよ。是非シャンダオに来てくださいって、おもてなしするって書いてあったよ」

咄嗟に偽りの内容を話してしまった。

ブルオンはなにやらホッとした様子だった。


俺は今、サンアンガレスを出て、フィランデ王国内のとある村に向かっていた。

スレイル、ルシルフィアを伴って、飛翔スキルで空の旅だ。

旅を楽しみつつ、出発してから七日目になるが、ようやく目的地が見えてきた。

「見えてきた。あれがファイナスだ」

俺が指を指すと、スレイルが俺の背中からひょこっと顔を覗かせて首を傾げた。

「あそこにディダルーって人がいるの？」

スレイルは俺に聞く。

「手紙によればね」

「どんな人だろうね」

楽しげに言うスレイルを、翼を広げて俺の隣に浮かぶルシルフィアが微笑みを浮かべて見ている。

ちなみに俺達は空中にいるが、その姿は誰にも見えないようになっている。これはルシルフィアの魔法のおかげだ。

俺達は村から少し離れた場所に降りて、そこからは徒歩で村に向かうことにした。

ルシルフィアの魔法が解けて、俺達の姿が見えるようになる。

「リョーマ様、人が来ます」

翼を隠したルシルフィアは、村とは反対方向の道を見てそう報告してくる。

しばらくすると人影が見えてきた。人数は……三人だ。

「ん？」

よく見てみると、焦って逃げているように見える。

「どうやらマンティスに追われてるみたいですね」

ルシルフィアの目には、彼らの向こう側にいる魔物まで見えているのだろう。俺にはその姿がまだ見えない。さすがは大天使だ。

逃げてきている人達が俺達を認識する。

「た、助けてええええええ!!」

先頭を走る男が叫ぶ。

その彼らの後方、少し離れたところから男達を追っているマンティスの姿が見えてきた。数は十体。

一メートル以上はある大きなマンティス十体に追われていれば、必死に逃げるのは当然だろう。

俺はマンティスに手を翳す。

「待ってお兄ちゃん!!」

するとスレイルが慌てて俺を止めてきた。

「どうしたの?」

「あれ、僕がやりたい!!」

スレイルはそう言って、ウエストポーチ型のアイテムバッグから剣を取り出す。

この剣は兇咀(きょうそ)の廃蛇剣(はいだけん)という名前で、切りつけた対象の生命力と魔力を奪い、さらに猛毒を付与する効果を持つ物だ。

まぁ、あの数が相手ならスレイルでも問題ないだろう。

「いいよ」

「やったー!!」

スレイルは喜びの声を上げ、次の瞬間にはその場から消えていた。

そして一瞬にしてマンティスの前に現れる。あの高速移動はヴァンパイアの能力だな。

スレイルは剣を構えて横薙ぎに払う。

俺の目でも追えないほどの剣速で、マンティスはまたたく間に細切れになった。

マンティスを倒したスレイルは一瞬にして俺のところに戻ってきた。

数瞬の出来事で、逃げてきている人達はマンティスが倒されたことに気が付いていない。

「さすがスレイル。強くなったなぁ」

頭を撫でると、エヘヘと嬉しそうにするスレイル。

一方で、逃げてきていた男は相変わらず後ろの状況に気付いていないようで、息を切らしながら俺達のもとに駆け寄ってくる。

「はぁ……はぁ……た、助けて……」

「もう大丈夫ですよ。マンティスは全部倒しました」

「え!?」

俺の言葉に、男達は驚いて来た道を振り返る。

そして細切れになって死んでいるマンティスに気が付き、目を丸くしていた。

俺はこっそりスマホを取り出して、インベントリからコップを三つ出す。

魔力念動で浮かばせ、水魔法でコップに水を入れてあげた。

「とりあえず、どうぞ」

男達は浮かび上がるコップに唖然としながらも、受け取るとグビグビ飲む。

「あ、ありがとうございました……しかし、なぜマンティスが……」

「僕が倒したんだよ!!」

スレイルの言葉に男達は目を少し見開いて、互いに見合う。どうやら信じていないようだ。

まぁ、十歳ぐらいの子供が十体のマンティスを倒したなんて、信じられないのは当然だろう。

「そ、その子が……？」

俺の方を見て聞いてくる。

「あはは……それより、貴方がたは？」

おそらくなかなか納得してくれなさそうなので、はぐらかして尋ねる。

「私はシーアスと言います。しがない商人です。後ろの二人は護衛として雇っている冒険者の方々です」

シーアスは痩せ型で、目元にうっすらクマが浮かんでいる。なんとも頼りない感じだ。

「レイトです!!　ランク7冒険者です!!」

「シュルト。ランク7」

二人とも十代後半くらいの若い男の子だった。

「しかし困ったなぁ……大事な荷物が……」

シーアスが苦笑いを浮かべて困り顔で呟く。

どうやらマンティスから逃げるために荷物を捨ててしまったらしい。相当落ち込んでいる。

そんな彼らに、ルシルフィアが声をかける。

「お荷物はこちらでしょうか」

パンパンに詰まっている大きなリュック一つと、それより一回り小さいリュック二つを持っている。

シーアス達はルシルフィアの美貌に見惚れて、しかしすぐにそれが自分達の荷物だと気付いたようだ。

「そっ、それです！」

「お荷物が無事で良かったですね」

「ありがとうございます!!　是非お礼をさせてください!!」

「いえいえ。お気持ちだけで十分ですよ。自分達は先を急いでますので、これで失礼します」

俺達がファイナスへと歩み始めると、シーアス達はそれ以上何も言わずに俺達を見送る。

最後にチラッと振り返ると、荷物をそのままにジーッと俺達を見ていた。

それから十分ほど道を進み、ファイナスに到着した。

小さな村ではあるが、ここで暮らす人々は明るい表情をしている。余所者(よそもの)である俺達を快く迎えてくれた。

「長閑(のどか)でいい村ですね、タロー様」

「そうだね。のんびりするのにはちょうどいい」

ルシルフィアの言葉に俺は同意する。

辺境であっても俺を知る人がいるかもしれないと考えて、俺はタロウという偽名を名乗っていた。

村長のご厚意で家に泊まらせてもらい、客間で休む。

そのお礼として高級オーグル肉を五十キロ渡すと、ものすごい喜びようだった。

「さて、後はディダルーが来るのを待つだけだ」

手紙にはただこの場所に来てほしいとしか書かれていないから、とりあえず来たわけだが……詳しい場所なんかは、また連絡があるのだろうか。

「ま、とりあえずはゆっくりしよう」

「うん!!」

「わかりました」

今夜は俺達の歓迎と、お肉を貰った感謝の宴を行うということで、招待してもらい参加した。

陽気な村人達とその雰囲気を楽しみ、少しのお酒を提供すると、男達の歓声が上がったのだった。


次の日、俺達は村長の家でのんびりしていた。

なにせ相手から接触してくるまで待つしかないのだ。

そんな状況で、スレイルは退屈しだす。

「ねぇお兄ちゃん、外に遊びに行っていい？」

「いいよ。でも遠くに行っちゃだめだよ」

「は～い!!　行ってきま～す!!」

スレイルが元気よく出ていくのを見送って、俺はラノベを取り出して読み始める。ルシルフィアは窓辺に椅子を置いて、座って外を眺めていた。

二十分ぐらい経った時、一人の男が村長の家を訪ねてきた。

俺とルシルフィアはすぐにその男の気配を察知する。

只者じゃない。抑えているようだが、高ランク冒険者――英雄に匹敵する力を感じる。

もしかしてと思い、読んでいたラノベを仕舞い部屋を出て玄関に向かった。

するとそこでは、女性の使用人が応対していた。

訪ねてきたらしき男は、ツンツンと跳ねた、燃え上がるようなワインレッドの髪で、褐色の肌、赤みがかった琥珀色の瞳だ。

「で、ですから、使徒リョーマ様はお越しになっておりません!!」

「そんなはずはないだろう!!　神聖な気配を感じるぞ。さては隠しているのではないだろうな?」

応対している使用人の方はかなり困惑していて、訪ねてきた男は今にも激昂しそうな雰囲気だ。

偽名を名乗ったが故に迷惑をかけてしまった……場を収めるために声をかける。

「すみません、ちょっといいですか?」

「タロー様、いかがなさいましたか?」

俺に声をかけられ、使用人が首を傾げる。

「えっと……」

自分がリョーマだと名乗ろうとしたその瞬間、男がバッと跪いた。

「お初にお目にかかります、使徒リョーマ様!! ギーアと申します!! ディダルー様のもとにご案内するために参りました!!」

ギーアはかしこまる。

「あ〜、頭を上げてください。俺がここにいるのが、よくわかりましたね」

「この村の中で異様な気配を三つ感じまして。その中でも神聖で力強い気配をこの家で感じたので、ここにリョーマ様がいると考えました!!」

「なるほど……」

だけどたぶん、ギーアが感じた神聖な気配は大天使であるルシルフィアのものだ。俺は常に気配を抑えていたから。

「あの……」

状況がよくわかっていない様子の使用人が、おずおずと声をかけてくる。

「騙してすみません。実は……」

偽名を名乗ったこと、本当の名前はリョウマだということを話し、謝罪する。

「タロー様がリョ、リョーマ様……？　使徒の……？」

俺が使徒だと理解した瞬間、女性は白目をむいて倒れてしまった。

しかもその時にちょうど村長が戻ってきて、状況に困惑した様子を見せる。

俺は慌てて、村長にも事情を説明するのだった。

「なるほど……そのような事情だったのですね」

村長も納得してくれたところで、迷惑をかけたお詫びとして高級ウィスキーを渡した。

村長は固辞していたが無理やり置いてきて、俺とルシルフィアはギーアと共に村長の家を出る。

「正体を隠されていたのですね。ご迷惑をおかけして申し訳ありません、リョーマ様……」

そう謝るギーア。

「いえいえ、気にしないでください。それで、ディダルーさんはどこに？」

「こちらです。ご案内いたします」

村から少し離れたところにある、寂れた小屋の前に着く。

中に入るが、椅子が一つぽつんとあるだけでそれ以外なにもない、誰もいない。

「……どういうことですか？」

少し警戒しつつ、俺はギーアに問う。

「こちらです」

ギーアは椅子を退かすと床に手を翳す。

すると真っ赤な魔法陣が床全体を覆い、床板がぼろぼろと崩れて地下に向かう階段が現れた。

ギーアが先頭を行き階段を下りていくのを見て、俺達も彼に続いて階段を下りた。

階段は相当長く、五分以上下ると長い通路に出た。

「ずいぶんと用心深いのですね」

ルシルフィアはニッコリと微笑みながら言う。

「どういうこと？」

「先ほどの階段も、この通路も幾重に魔術的仕掛けが施されてます」

彼女の言葉に、ギーアは一瞬反応する。

「……さすがは使徒様のお仲間ですね……」

彼の頭上に浮かぶ灯りの火の玉に照らされて、うっすらと額に冷や汗が浮かんでるのが見える。

「ここはディダルー様が重要な相手とお会いになる時に使われる秘密の場所です。侵入者が現れた時、即座に対応できるようにしております」

長い通路を進むと、突き当たりに扉が一つ。

ギーアがその扉に手を翳すと、またも赤い魔法陣が現れた。

そして、ガチャリという音と共に扉がゆっくり開く。

中に入ると、調度品が整った美しい部屋の中に男の人が一人いた。

その男はすぐに俺に目を向けると、目の前で跪いた。ここまで案内してきたギーアも男の後ろで同じように跪く。

「このような場所にお呼びして申し訳ありません。そして、お会いできて光栄です。あの手紙を読んで来ていただけたこと、感謝を申し上げます。ディダルーと申します」

スーツのような正装を纏ったその男は、二十代半ばぐらいだろうか、落ち着いた雰囲気だ。

黒髪のオールバックに切れ長の目で、野心を秘める力強い瞳をしている。

そしてまた、この男も常人ではない気配を発していた。

それは武の英雄が放つ強者のような気配ではなく、貴族や王族が纏う上位者のような空気に近い。

そんな雰囲気を持ちながら、ギーアのような男をも従えるディダルーに、少し興味が湧いた。

俺がソファーに腰掛けると、向かい側にディダルーが座る。

「まずはこちらをお納めください。気に入っていただけると幸いです」

ギーアが宝飾品等の品物をテーブルに並べる。

いつものやつかと一瞥するが、その中である物が目を引いた。

黄金色に輝く液体が入っている、装飾された水晶瓶だ。

「これは？」

「さすがはリョーマ様、お目が高い!!　それは饒緑竜ガリュドアの血でございます。あらゆる秘薬に混ぜ合わせれば、格段に効果を高める至宝にございます」

「へぇ」

「紛れもない本物です。その水晶瓶は竜の血の力を抑える封印が施されております」

手に取り目を細めて観察していると、ルシルフィアが静かに教えてくれる。

手にしていてわかるけど、この瓶の中から圧倒的な存在感を感じる。封印されていてなお感じる雄大な力だ。

「凄いですね。どうやって手に入れたのですか？」

「今回のために人脈を駆使してなんとか手に入れました。元々の持ち主はスイル王国の王室です」

なるほど。この宝を手に入れる力を自分はあると誇示しているのか。面白い。

「ではありがたくいただきます」

スマホを取り出して全部インベントリに収納する。それを凝視するディダルーとギーア。

初めて見る俺のスマホ――神器に興味津々なようだ。

「そういえば、リョーマ様はダンジョンを攻略したとお聞きしましたが」

「ええ、まぁ。その話はまたにして、本題に入りましょう。貴方の手紙に書いてあったこと、詳しく教えてください」

「わかりました。ああ、私に対して敬語など使わないでください」

にこやかに話していたディダルーは真顔になる。

「手紙でも書いた通り、現在我が国では使徒リョーマ様の懐柔(かいじゅう)計画が動いております」

「……」

話を続けるよう、沈黙で答える。

「世界の覇権を握るのはやはり使徒様です。圧倒的な力に抗うすべはありません。世界の頂点とも言える使徒様が一国に留まったり、一国の主になったりするのは、他の国にとっては脅威ですからね」

その言葉に、俺は首を横に振る。

「俺もそうだけど、使徒達は別に、世界の覇権を握ろうなんか考えていないよ。彼らが歩んできた人生の結果、大帝国に属したり、魔族の王となったり、建国し王となったりしただけのこと。他の使徒とも仲良くしているけど、世界を見守るという考えだったよ」

「たとえそうだとしても、我々弱き人間は、圧倒的な力を前にするとどうしても考えてしまうのです。特にシャンダオは、自分たちの利益に関して敏感な者が多い。そのため、国として使徒様と対等だと示そうと考え、リョーマ様を懐柔しようと考えているのでしょう」

核保有国とそうじゃない国の差みたいなものだろうか。

使徒達の力の一端を見たけど、確かに凄かった。為政者からすれば、その力は脅威であると考えるのは頷けるけど……

「俺という存在を有し、俺を通して世界、使徒達に対す発言力を得ようとする考えか」

「左様でございます」

「それで、君が俺に話したことで、シャンダオが俺を篭絡するっていう計画が頓挫したわけだけど、自分の国を裏切るような真似をした目的は？　この密会に関係があるということだよね？」

「……ベンジャーノを打倒するためです。そのために、どうかリョーマ様のお力をお借りしたく手紙をお送りしました」

陸運の巨人ベンジャーノを打倒する。ディダルーははっきりそう言った。

「君はベンジャーノの右腕だと聞いたけど？」

俺の言葉に、苦虫を噛み潰したような顔をするディダルー。

「……確かに、私はベンジャーノの右腕と呼ばれるまで上り詰めました。全ては奴を殺すために!!」

彼の言葉からは、強い恨みと深い悲しみを感じた。

俺は黙って話を聞く。

「私は、アロイス王国のしがない商家の生まれでした。当時父はイシュメルという薬草の栽培、販売をしていました。その薬草は正しく調薬すれば万能薬となるのですが、間違った調薬をすると強い幻覚作用をもたらす麻薬となります。ベンジャーノはその薬草に目をつけ、父を陥れ全てを奪った。無実の罪を着せられた我が家は、尽くしてきた王家に捕らえられ、父と母、弟は……」

ディダルーは悔しそうに涙を流す。

「……私は拷問(ごうもん)の末、力尽きようとしていた時、父にお世話になったという最上級冒険者に助けられました。それからは家族の仇(かたき)を討(う)つために顔を変え、必死に頑張りベンジャーノに近付いていきました。だけど、近付けば近付くほど奴の恐ろしさを知ることになりました。彼はシャンダオの支配者の一人、陸運の巨人ベンジャーノという顔の裏で、世界的犯罪組織ノリシカ・ファミルのボスという正体があるのです。ノリシカ・ファミルは人身売買、殺人、暗殺、麻薬の密売等の極悪犯罪全般を行ってます」

「……それが事実なら衝撃ですね。ベンジャーノが犯罪組織のボスである証拠はあるんですか？」

「……残念ながらありません。奴は相当警戒心が高く、滅多に人前に現れませんから。右腕とも言われている私ですら、姿を見たのは指で数えるほどです。それに、奴には常に三人の英雄級の護衛が付いていて、身辺を探ることも難しいです」

「君の人脈でどうにかできなかったの？」

「はい……」

悔しそうに答えるディダルー。

本当のことを言っているようにも思えるが、証拠がなければ彼に加担することはできない。

どう対応するべきか考えていると、ディダルーがゆっくり口を開く。

「ですが、使徒リョーマ様ならベンジャーノに直接会うことができると思います。リョーマ様が正式にシャンダオを訪問すれば、ベンジャーノも三トップの一人として直接対応せざるを得ないでしょう。なので、どうか……お願いします」

ディダルーは深く頭を下げる。

「リョーマ様の目で奴を直接見て、私の話が事実かどうか判断いただけたら幸いです。そして、どうか力を貸してください。もし叶(かな)うようでしたら、リョーマ様のお力になれるよう、全身全霊をもってお仕えいたします」

ここまで話を聞いて、俺の考えは――


ディダルーとの密談を終えた俺は、ルシルフィアと共にその場を後にする。

通路を戻って地上に上がり、寂れた小屋を出た。

「……とりあえず、スレイルを迎えに行こうか」

「はい」

スマホを取り出してマップを確認する。

スレイルの顔写真のアイコンは……村の外にあった。

近くには無害な人間を示す白い点が三つ。たぶんスレイルと一緒に遊んでいる村の子供達だろう。

ただ、日も暮れ始め、空が茜色に染まり魔物が活発になってくる時間帯だ。魔物を示す黒い点がスレイル達に近付いていていた。

一瞬心配するが、その黒い点はパッと消える。スレイルが倒したのだろう。

というわけで、スレイル達から少し離れた林の中にピンを立てて、アプリの転移門を起動する。

目の前の空間に、口を開けるように黒い穴が開く。

俺とルシルフィアがその穴を通り抜け、林の中に移動すると、黒い穴は消えた。

「スレイルはあっちの方だね」

林の中を少し進むと、小川に出た。

そこに、水遊びをしていたのかずぶ濡れのスレイルと子供達がいた。

そしてその傍らには、巨大な黒い熊が首を斬られて死んでいる。

「あ！　お兄ちゃん！」

「もう暗くなるから迎えに来たよ。帰ろうか」

「うん!!」

元気よく無邪気に返事をするスレイル。

一方で、村の子供達は呆然としていた。歳があまり変わらないスレイルが凶悪なモンスターを一瞬で倒したのを目の当たりにしたからだろう。

「君達も、親御さんが心配するから帰ろう」

「は、はい……」

子供達の一人が、小さく返事をする。

スレイルが倒した黒熊をインベントリに収納し、皆で村に戻った。

ファイナス村に到着すると、子供達はすぐに自分の家に帰っていった。

俺も目的を果たしたし、家に帰ることにする。お世話になったお礼と挨拶をし村長の家に行く。

「おかえりなさいませ、リョーマ様!! どうぞ中に入ってください!! ご夕飯の準備ができておりますので、お召し上がりになってください!!」

村長はすごく張り切っている様子だ。

厚意を無下(むげ)にするわけにはいかないか。

「ありがとうございます。ではお言葉に甘えさせていただきます」

改めて歓待を受ける。案内された食事室のテーブルには豪華な食事が並んでいる。

「ささ!! どうぞこちらに!!」

上座に案内されて俺が座り、向かって右側をルシルフィアとスレイルが、左側を村長とご家族が向かい合うように座る。

どうやら俺が使徒であることは、家族とこの家で働く使用人全員に伝えられているようで、かなりかしこまった様子だ。使用人の女性は緊張しながらぎこちなく給仕を行う。

「こうしてリョーマ様をお迎えできたこと、我が家の最上の栄誉にございます!!」

満足げにそう語る村長。

「はは……あまり大袈裟にならないようにお願いします」

苦笑いを浮かべて答える。

それから食事もつつがなく終わり、俺達は村を後にすることにした。

「ご馳走、ありがとうございました。最初は身分を隠していましたが、快く迎え入れてくれたこと感謝します。心ばかりの品ですが、どうか受け取ってください」

インベントリから一粒の宝石を取り出して差し出す。

俺的には売るなり何なりして役立ててほしいという気持ちなのだが、村長は何やら感涙(かんるい)している。

「ありがとうございます、ありがとうございます……我が家の家宝にさせていただきます!!」

村長は跪いて俺から受け取ると、大事そうに両手で包んで深く頭を下げた。

まるで勲章を受け取ったかのような仰々しさに、また苦笑いを浮かべるしかなかった。

「あ、そうだ。うちのスレイルが黒熊を倒したので、それも置いていきますね。毛皮や肉など、村に役立ててください」

家の中で出すわけにはいかないから、一旦家を出る。

そしてインベントリから、巨体と切り離された頭を置いた。

「こ、これは!!」

村長達は驚愕し、急いで村の男達を集めてあれこれと指示を出す。

集められた男達も、村長の家の前にある黒熊に驚いていて、中には悲鳴を上げて腰を抜かす者までいた。

しまったな、村に戻ってきた時に、スレイルと一緒にいた子達の親とかに事情を話しておいた方が良かったか。

「……それじゃあ自分達はこれで。大変お世話になりました」

「お、お待ちください!!　もう日も暮れてこんなお時間ですし、是非我が家でお泊まりになってから行かれては……」

「お心遣いありがとうございます。自分達は大丈夫ですので失礼いたします」

軽く頭を下げて、村を出るのだった。


月明かりがあたりを静かに照らし、星が煌めく。魔物が活発化する時間帯だが、俺の気配に怯えているのか、すっかり隠れているようだ。

村から十分に離れた俺は、スマホを取り出した。

「それじゃあ家に帰ろっか」

マップを開き、転移門を起動して、首都サンアンガレスの家に帰還した。

そしてすぐに、魔道具のベルを鳴らしてサンヴァトレを呼ぶ。

「おかえりなさいませ、リョーマ様、ルシルフィア様、スレイル様」

「ただいま〜。お風呂に入りたいから着替えの用意お願い」

「かしこまりました」

「僕も一緒に入る!!」

『私は先に休ませていただきますね』

翼を出して大天使の姿に戻ったルシルフィアは、軽く微笑んで自分の部屋に戻っていった。

「ではリョーマ様とスレイル様のお着替えをご用意いたします。失礼します」

サンヴァトレが部屋を出ていき、俺とスレイルは大浴場に向かう。

脱衣所で服を脱いで、体を洗い流してから大きな湯船に浸かった。

「ふ～、気持ちぃ～」

俺は肩まで湯に浸かり、スレイルはバシャバシャと楽しそうに泳いでいる。

リラックスしながらも、ディダルーの言葉を思い出す。

「どうするかなぁ……」

シャンダオの思惑とディダルーの目的。どう対応するべきかゆっくり考える。

「ベンジャーノの裏の顔か……よし」

俺達は湯船から上がりサンヴァトレが用意した服に着替える。

そして執務室に向かい、魔道具のベルを鳴らしてサンヴァトレを呼んだ。

第4話　アルガレスト

翌朝、俺は一人で大通りを歩いていた。

アレクセルの魔套のおかげで魔力は隠匿されてるし、さらに隠密のスキルを発動しているため、誰にも認識されない状態だ。

人通りが多く賑(にぎ)やかな中心街を通り過ぎ、裏路地に入って街外れに向かっていく。

雰囲気は陰鬱(いんうつ)としていて、住人もみすぼらしくなっていく。

この一帯はアルガレストと呼ばれており、いわゆるスラム街だ。

そして特徴的なのが、すれ違うのは獣人が多いということ。

彼らの表情は夢も希望もなく活力を感じられない。いまだ残る獣人差別によって追いやられた成れの果てだ。

「……ッ」

歩いていると、ふと、酷い臭(にお)いが漂(ただよ)ってきて息が詰まる。

あまりに劣悪な環境で、獣人達は必死に生きているのだ。胸が締め付けられる。

そもそもなぜ俺がこの場所に来たかというと、このサンアンガレスの犯罪の実態を、ひいてはノリシカ・ファミルがそれに関係していないかを調べるためだ。

アルガレストの奥へ進んでいくにつれて、道は迷路のように入り組み、怪しい雰囲気を漂わせる。

その途中、路肩で怪しげな煙を吸い虚ろな表情をしている獣人を何人も見かけた。

おそらく麻薬だろうが、これだけの数がいるということは、それを売りさばく組織がいるのは確実だ。

それがノリシカ・ファミルなのか、はたまた別の組織なのか……

子供もそれなりに多く見られるのだが、そのほとんどが痩せていて小柄だった。

「っ‼」

ふと、全身傷だらけで地面に横たわる猫耳の獣人の子供が目に入る。

微かに息をしているが、生命力がごくわずかしか感じられず、今にも死にそうなほどだ。

俺はいてもたってもいられず、駆け寄って手を翳す。

神聖な光が子供の全身を覆い、仄かに輝く。浅かった呼吸は穏やかになり、全身の傷が癒えた。

すると物陰から続々と獣人が現れて、俺を取り囲んだ。

「な、なんだ⁉　お前はナニモンだ‼」

陰鬱とした薄暗いこの場所では、神聖魔法はかなり目立つ。

しかも他者と触れたことで隠密が解けて、誰でも俺の姿が認識できるようになっているから、怪しまれ警戒されるのは当然だ。

中には凶器を手にしている者もいて、まさに一触即発の事態だ。

「一旦引くしかないか……」

俺は子供を抱きかかえ、飛翔してその場を去る。

「待て!!」

「その子を置いていけ!!」

怒号が聞こえるその場を飛び去り、家に向かった。

玄関前に降り立ち、中に入る。

「おかえりなさいませリョーマ様……その子は?」

サンヴァトレは、俺が抱える獣人の子に気付いて目を細める。

「死にそうだったから助けた。この子の体を拭いて、新しい服を着せてあげて。意識が戻ったら知らせてくれないかな」

「かしこまりました」

サンヴァトレは獣人の子を抱えてその場を去る。

俺がローブを脱いでインベントリに仕舞い、自分の部屋に戻ると、スレイルとルシルフィアがボードゲームで遊んでいた。

「おかえりなさいお兄ちゃん!!」

『おかえりなさいませ、リョーマ様』

「ただいま」

俺は遊んでいる二人に悪いと思いつつ、アルガレストに行ったことと、そこで見たものを話す。

「なんか可哀想……」

俺の話を聞いて、スレイルは悲しげな表情を浮かべる。

『リョーマ様はどうしたいですか？』

「俺は……できれば助けてあげたいなって思う」

『良いと思います。リョーマ様のお力なら、彼らを救済することは可能でしょう。私もお手伝いいたします』

「僕も手伝う!!」

「ありがとう、二人とも」

それから三人で今後の計画を話していると、しばらくしてサンヴァトレが部屋に来た。

「例の子が目を覚ましました」

「ありがとう。その子のところに案内お願い」

「かしこまりました」

俺達は獣人の子のもとに向かう。

案内された部屋の中に入ると、ベッドから起き上がった獣人の子と目が合った。

その子は目に涙を浮かべ、顔を強張らせてその場で蹲った。

「俺はリョウマ。君の名前を教えてもらえるかな」

努めて穏やかに、優しく語りかけるが、獣人の子は耳を押さえて蹲ってブルブル震えている。

どうしたものか。

「私にお任せください」

俺が悩んでいると、部屋に入る前に翼を隠していたルシルフィアが名乗りを上げた。

そしてゆっくりと獣人の子に近付き、そっと背中に触れる。

獣人の子は体をビクッと震わせた。

「大丈夫です。誰も貴方を傷つけたりはしません」

穏やかに語りかけるルシルフィア。

すると獣人の子は、大天使の神聖なオーラに触れたからか、次第に落ち着いてきた様子だった。

「僕はスレイルだよ！」

獣人の子に駆け寄り、しゃがんで笑顔を向けるスレイル。

獣人の子はやはり一瞬ビクッとするが、スレイルの屈託（くったく）のない笑顔と無邪気さに、それほど怯えた様子は見えない。

これなら大丈夫だろうと、俺も近寄って声をかける。

「改めまして、俺はリョウマ。君の名前を教えてもらえるかな？」

「……ミア」

すごく小さな声でそう名乗るミア。

「教えてくれてありがとうミア。お腹すいてるかな？　一緒にご飯を食べよう」

ミアはご飯と聞いて猫耳をピコッと動かすと同時に、お腹がグ～と鳴った。

お腹をすかせているのは間違いない。

ミアが小さく頷くと、ルシルフィアはミアを優しく抱きかかえた。

やはり一瞬ビクッとするが、抵抗することなく身を預けている。

「ご昼食の用意ができております」

サンヴァトレが告げる。俺達は食室へと向かった。

目の前に並ぶ豪華な食事に、ミアは目を見開いている。

「遠慮なく食べて」

俺がそう言っても、緊張してか、萎縮（いしゅく）してなかなか食べようとしない。

しかし美味しそうな食事を前にしてグーグーとお腹は鳴っていた。

「これ美味しいよ!!」

スレイルがステーキを切って自分の口に運び、美味しそうに咀嚼（そしゃく）する。

それを見たミアは、ゴクリと生唾を飲み込んで、恐る恐るパンを手に取って一口食べた。

「ッ!!」

驚きを隠せず目を見開くと、バクバクと食べ進める。

夢中な様子であっという間にパンを一個平らげ、パンがたくさん入っているバスケットに手を伸ばした。

その勢いのまま二個目を食べきると、目の前のステーキをじーっと見つめる。

俺やルシルフィアがナイフとファークでステーキを切って食べているのを見て、おぼつかない手付きでナイフとフォークを手にし、ぎこちなく切っていく。

それがなんだか可愛らしくて、ついつい微笑んで見てしまう。

そんな俺達には気付いた様子もなく、ミアはステーキを一口食べて、仰天の表情を浮かべた。

それからは一生懸命ステーキを切っては頬張っていく。どうやら気に入ってもらえたようだ。

「ジュースも美味しいよ!!」

スレイルが教えて飲んでみせると、ミアはオレンジジュースが注がれたグラスを恐る恐る手に取ってストローに口をつける。

「美味しい?」

俺が聞くと、ミアは相変わらず緊張した様子ではあるが、確かに小さく頷いた。

「おかわりはたくさんあるから、遠慮しなくていいからね」

俺がそう言うと同時に、給仕係の使用人がミアのグラスにオレンジジュースを注ぐ。

それからミアはどこか遠慮がちに、それでもしっかりと、たくさんの料理を平らげたのだった。


昼食を食べ終わり、皆で俺の私室に移動する。

フカフカのソファーに座るミアは居心地悪そうに縮こまっていたが、その隣にルシルフィアが座り、優しく頭を撫でていた。

「少しお話を聞きたいんだけど、いいかな?」

ミアは小さく頷く。

「それじゃあミアの家族はどこにいるのかな?」

「……いない」

俯いて小さく答えるミア。

詳しく聞いてみると、両親は怖い人に連れて行かれていなくなったらしい。それからずっと一人で暮らして、主に残飯を漁って生きてきたみたいだ。

「……」

ミアみたいな子がたくさんいるのかもしれないと考えると、胸の奥が重くなる。

いくら慈善団体に寄付をしても、こういう子達を救えなきゃ意味がない。

それに、両親が怖い人に連れて行かれたというのも引っかかる。なんのためにミアの両親が連れて行かれたのか……調べる必要があるな。

いきなりあれこれ根掘り葉掘り聞くのもミアの負担になるだろうし、休ませることにした。

使用人の女性にミアを任せ、ちゃんと面倒見てもらうようにお願いする。

「ふぅ～」

俺は椅子の背もたれにもたれかかり息を吐く。

「ミアをどうするの……？」

スレイルは心配そうに聞く。

「しばらくは保護するつもりだよ。いきなり放り出しても戻る場所は貧民街だろうし……」

それを聞いてホッとするスレイル。

とりあえず、犯罪組織の調査と住人達の実態調査をしていこう。

次の日、ミアのことはスレイルとルシルフィアに任せ、俺は一人、再び貧民街に向かった。

前回同様、アレクセルの魔套で魔力を隠匿し、隠密で気配を隠す。

より奥まったところへ向かい、見て回る。

ほとんどが獣人達だが、人間もそこそこ暮らしていた。

狭い通路には酒に酔って暴れている者や、怪しげな煙を吸って意識を朦朧（もうろう）とさせている者、身売りをしている者などがいる。

そして気になったのは、そんな環境の中で子供達が多く見られることだ。ここで生まれ育った子達だろう。

「マーヴィンがノルスの奴らに殺されたんだってよ」

「またあいつらか……これで何人目だ？」

「さぁな。俺達も気をつけないと」

壁の向こうから、そんな会話が聞こえた。声が聞こえた小屋に耳を傾ける。

「ノルスはルオッソの縄張りを狙（ねら）ってるからな。近いうちに大きい抗争が起きるかもな」

「もしノルスがルオッソの縄張りを手に入れたら、シーナスとモラリオに並ぶな」

「あぁ。ルオッソには頑張ってもらわないと。ノルスの奴らがでかい顔するのは許せねぇ」

この会話の男達は、この貧民街の情報に詳しそうだ。どうにかしてもっと話を聞けないだろうか。

俺はスマホを取り出して、インベントリからある物を取り出すと、小屋のドアをノックした。

「誰だ？」

「どうせケールだろ。入れよ!!」

ドアを開けて中に入る。

全身をローブに包まれている俺が入ってきたことに、二人の獣人の男――虎獣人と狼獣人はギョッとした様子を見せる。

そして椅子から立ち上がると、ナイフを手にして俺に向けた。

「誰だてめぇ!!」

「顔を見せろ!!」

強い警戒を示し、表情を険しくする男達。

一方で俺は影魔法で自分の影を操り、二人の影を縛って動きを止める。

「危害を加えるつもりはありません。ちょっと話を聞きたいだけです。お礼は十分にします。騒がないと約束してくれるなら拘束を解きましょう」

二人は考え込む。

「……わかった」

「俺達の安全を保障してくれるなら何でも話す」

影魔法を解除して拘束を解く。

二人は俺に襲いかかる素振りもなく、ナイフを手にしたまま椅子に座った。

俺がインベントリから出した高級酒と金貨十枚をテーブルに置くと、男達はそちらに視線が釘付けになった。

「これは謝礼の半分です。話を聞かせてくれたらもう少し出します」

二人は神妙な顔つきになり、ゴクリと唾を飲み込んでゆっくり頷いた。

「……で、俺達に何を聞きたいんだ？」

意識をテーブルの上に向けながら、狼獣人の男が聞く。

「そうですね。まずはノルスのことについて教えてください」

「ノルスってのは、ミオネ地区を縄張りにしているゴロツキ連中のことだ。脅迫や暴力、人攫い、殺人とかなんでもやる奴らさ。三年前から勢力を急拡大させて、他の地区を荒らし回って傘下にしている」

虎獣人の男が話す。

「それじゃあルオッソは？」

「ルオッソは俺達が今住んでる、このニオルス地区と周辺を統括してる組織だ。闇市を支配している。盗んだ物の買取とかやってくれるな」

「なるほど。シーナスは？」

「シーナスはこの首都の娼館を牛耳ってる組織だ。情報を手に入れるならシーナスが一番いい。裏情報ならどんなことも知ってるって噂だ……そんなことより、それ酒だろ？　飲んでもいいんだよな!?」

高級酒を凝視している狼獣人。

俺が頷くと、ひったくるように瓶を手にしてコルクを開ける。そしてコップに注いで一口飲んだ。

「ッ⁉　かぁーー‼　こいつはすげぇ‼　お前も飲んでみろ‼」

興奮気味に酒瓶を差し出すと、虎獣人は酒を受け取り、自分のコップに入れて飲む。

「うめぇ‼　こんなうめぇ酒、初めて飲んだぜ‼」

二人は興奮し、上機嫌に酒を呷る。

「モラリオっていうのは？」

「モラリオは裏ギルドだ。どんな仕事も請け負う」

「どんな仕事も……？」

「あぁ。大金を積めば暗殺もやってくれるって聞いたことあるぜ。なんでも腕利きの暗殺者を何人か抱えてるって噂だ」

「麻薬を扱ってる組織とかないんですか？　たとえば、ノリシカ・ファミルとか」

麻薬という言葉に、二人はわずかに顔をしかめる。

「麻薬か。麻薬といえばノルスだな。奴らが勢力を拡大するようになったのも、麻薬を売りさばきはじめてからだ。今あんたが言ったノリシカ・ファミルがバックについてるなんて噂を聞いたことがあるが、本当かどうかはわからない。それこそシーナスならなんか知ってるかもな」

なるほど、次はノルスに接触するのがいいかな。

「ありがとうございます。どうぞ受け取ってください」

今度はインベントリからブロック肉を取り出す。ラフティア牧草原で手に入れた高級牛肉だ。少し酔って頬が紅潮している二人は、肉に目を輝かせる。

「いいのか⁉　こんな上等な肉なんて生まれて初めてだ‼　さっそく焼いて食おう‼」

「おう‼」

さっそくナイフで肉を切り分ける二人に、俺は背を向ける。

「それじゃあ失礼します」

「待て」

小屋を出ていこうとしたところ、狼獣人に呼び止められる。

「お前はなにもんだ？　こんな凄い物持ってるんだ、ここらへんの住民じゃないだろ」

なんて答えたらいいだろうか、少し考える。

「俺は……タロウです。ちょっと探し物をしてまして」

「変な名前だな。まぁ気をつけろよ。ここは皆生きるのに必死で飢えてる。こんな物ぽんぽん出してたら、すぐに襲われて殺されるぞ」

「わかりました。ご忠告ありがとうございます」

軽くお辞儀をして小屋を出た。

そしてすぐに隠密で気配を隠して物陰に隠れ、スマホを取り出す。

マップを起動したところで、目の端にモゾモゾと動く何かを捉（とら）えた。

マップから目を離してそちらを見ると、痩せこけた獣人の子供が二人いた。

虚ろな瞳で、身動き取るのがやっとの様子だ。

このまま放っておいたら飢え死にしそうな気配だったため、インベントリから妖精の果物を取り出す。

そして二人の前で隠密を解いて姿を現し、果物を差し出した。

「食べな」

「……ぁ」

子供達はどうにかといった様子で果物に手を伸ばすが、うまく掴めず取りこぼしてしまった。

この状態じゃ、噛む力もないだろう。

仕方ないので、周囲に人影がないことを確認してから、二人に手を翳して神聖魔法を発動する。

光るのを抑えるよう意識したおかげか、仄かに青白い光が二人を包み込み、体力を回復させた。

そしてまずは女の子を抱き寄せ、取り出した皿の上で果物を握り潰して果汁を溜める。

女の子はその皿からなんとか果汁を飲み、続けて男の子も同様に少しずつ果汁を飲んでいった。

「よし」

二人とも死の気配はなくなったけど、根本的な解決には至っていない。このまま放っておけば、いずれまた飢えて死んでしまうだろう。

どうしたものかと考えていると、物陰から一人、二人と子供達が近付いてくる。

「僕も……」

誰もが痩せこけていて、お腹をすかせているようだ。

「皆おいで。たくさんあるよ」

俺はインベントリから果物をたくさん出して、一人ひとりに手渡していく。

受け取った子供達はそれに勢いよく齧りつき、貪った。

彼らのほとんどが獣人で、可愛らしい耳をぴょこぴょこ、尻尾をフリフリさせている。

こんな子達を放っておけるわけがないので、続々と集まってくる子供達全員に果物を施していった。

子供達は笑顔になり、中には涙を流す子もいる。

「おい!!　それ俺のだよ!!」

「う、うるさい!!　僕のだよ!!」

ついには果物を取り合って喧嘩を始めてしまう男の子達まで現れた。

「喧嘩しない！　ちゃんと皆のぶんあるから」

狭い通路に子供達が溢れ、収拾がつかなくなってきた。

どうしたものかと頭を悩ませる反面、こんなにも飢えている子供がいるのかと苦しくなる。

すると、足元にいた小さな男の子が俺を見上げているのに気付いた。

「お兄ちゃんどうしたの？」

「ううん、なんでもないよ」

男の子の頭に手を置いて優しく撫でると、目を細めて嬉しそうに笑みを浮かべた。

周りを見渡せば、美味しそうに果物を食べている子がたくさんいる。

この光景がこの子達にとって日常になればいいのにと強く思った。

あの後騒ぎを聞きつけた大人達が集まってきて、俺は慌てて逃げて家に帰ってきた。

『おかえりなさいませ、リョーマ様』

「ただいまルシルフィア。スレイルは？」

『ミアと遊んでおります。すっかり打ち解けたようで、スレイルによくなついておりますよ』

「そっか」

俺は小屋で聞いた話と、子供達の現状をルシルフィアに話す。

ルシルフィアは、特に子供達の話の時には沈痛な面持ちだった。

「明日も行ってくるよ。ノルスってゴロツキが麻薬を売りさばいてるのがわかったからね。見過ごすわけにはいかない。ルシルフィアはスレイルとミアのことお願いね」

『かしこまりました』

俺は寝室に戻り、ソファーに座る。

そしてスマホを取り出して、妖精の箱庭を開いた。

アイテムボックスを確認すると、膨大な量の野菜や果物、拡張した畜産場から採れたらしい、妖精鶏の卵や妖精牛の牛乳もあった。

「鉱石とか宝石の原石も結構溜まってきたな」

ポイントもかなり貯まってきたから、新たな施設を追加することにする。

まず鍛冶屋。溜まった鉱石を精錬して鉄や銅、金銀にしてもらって、さらに加工してもらう。妖精達がどんな物を作るのか楽しみだ。

さらに宝飾加工所も増設した。原石を磨いて宝石にし、宝飾品を作るためだ。それぞれの施設に興味を示した妖精が各々自由に活動を始める。

「ん、調理所も作れるのか。これも設置すれば、妖精が料理を作ってくれるようになるのかな」

さっそく追加すると、何体かの妖精が調理所に入り、アイテムボックスから食材を出して料理を始めた。

料理が出来上がる頃には、他の仕事をしている妖精が食べに来て、美味しそうに食べている。

「本当に妖精は器用だなぁ……」

なんでもこなしていくのを見て、そう呟く。

それにしても美味しそうな料理だな。

余った料理をアイテムボックスに放り込んでいるみたいなので、取り出して食べてみた。

「ッ!! 美味い!!」

うちの料理人が作る料理ものすごく美味しいのだが、それに負けない美味さだ。

それに、なんだか力が湧いてくる。

妖精が作った物なのだ、ただの料理じゃないのだろう。

よし、今度皆にご馳走しよう。

次に神様クエスト――スマホに表示された、神様からのクエストを見てみる。

このクエストをこなして貯めるポイントで、俺はスキルを手に入れたりステータスを上昇させたり、アプリを入れたりすることができるのだが、最近はあまり積極的にクエストをやってなかったからな。

無数にあるクエストを見ていると、あの貧民街に関連するクエストを見つけた。

アルガレストに蔓延る堕落の悪薬を撲滅する
クリア報酬：神様ポイント150000
クリア報酬：アプリ調薬

アルガレストの獣人を救済する
クリア報酬：神様ポイント100000
クリア報酬：獣王の首飾り

これはまさに俺がやりたいことそのものだ。

せっかくだからこのクエストを受けるか。

ノルスを壊滅させて麻薬を撲滅する。そして、アルガレストを獣人達が住みやすいように作り変えよう。

かつて皇は、獣人達を奴隷から解放したという。

俺も皇のように彼らを助けたい。

そう決意を新たにし、気を引き締めた。

「本格的に行動を起こすためにも、国王には話を通しておかないといけないか……いずれにしても動くのは明日からだな」

その日はそのまま就寝するのだった。


翌日、朝食を皆で取った後にサンヴァトレを書斎に呼ぶ。

「お呼びでしょうか、リョーマ様」

「うん。馬車の用意をお願いしていいかな」

「かしこまりました。どちらに向かいますか？」

「王宮に行く」

「ただちに馬車をご用意いたします。では失礼いたします」

サンヴァトレが部屋を出ていき、俺はスマホを取り出す。

「今回は何を持っていこうかなぁ」

インベントリを見て贈り物をチョイスしていく。

国王にはいつも通り高級ウィスキーと、今回は日本酒も選んでみるか。独特な味わいのお酒だけど、口に合うだろうか……

「あ、そういえば」

固有空間を起動して中に入り、物置部屋に向かう。

この部屋は、両親から送られてきた様々な物を保管してある。

ぎっしりと敷き詰められたダンボールを一つひとつ開けて中を確認していくと……

「あったあった!!」

見つけたのは、数十万はする手巻きの懐中時計だ。

この世界では時計は貴族、王族、豪商ぐらいしか持てない最高級品だ。これなら国王に贈る物に見合うだろう。

「王妃にはシャンパンと……この香水でいいか」

結構なブランドの物なんだけど、贈られた本人であるお母さんがお気に召さなかったようで、こうしてまとめて適当に送られてくる。俺も使わないから溜まっていく一方だ。

王太子はファッションに興味を示していたから、俺が読んでいたファッション誌ともう使わないブラックゴールドのリングをあげよう。

「王太子妃はどうしようかな……」

別のダンボールを開けてガサゴソと探す。

「これいいな」

部屋の奥の方に埋もれていたダンボールの中で見つけた、クリスタルの猫の置物に決めた。

優雅で美しいフォルムだ。王子と王女達にも適当に見繕(みつくろ)っていく。

「結構散らかしちゃったな……片付けは今度でいいか」

「――終わったか?」

「おわっ!?」

突然背後から声をかけられ、俺は驚いて声を上げた。

バッと振り返ると、ヴィジュファーが物置部屋の入り口に立っていた。

そうだった、ヴィジュファーもこの固有空間に自由に入れるんだった。

「ヴィジュファーか。びっくりした……」

「久しぶりに気配を感じたから来てみたぞ。こっちの部屋は入ったことがなかったが、いろいろと面白そうなのがあるな。見ていいか？」

「別にいいけど……俺はシャワー浴びてくるから、あまり散らかさないでね」

「お～」

ヴィジュファーは空返事をして、宝探しするようにダンボールを開けていく。

俺はシャワーを浴びて、王宮行きの装いに着替える。

物置部屋から物を漁る音が聞こえるから、ヴィジュファーはまだそこにいるのだろう。

「お、戻ってきたか。なぁ、これ貰っていいか？」

ヴィジュファーの手にはガラスペンが握られている。

「そんなのあったんだ。俺は使わないから持ってっていいけど、そんなのでいいの？」

「おう!!　トリスティーのプレゼントにするわ。ありがとな」

トリスティーというのはヴィジュファーの奥さんのことだ。

上機嫌で空間収納に収めるヴィジュファー。

彼はそれ以上宝探しすることもなく、物置部屋を出てリビングでテレビゲームに興じ始める。

俺は趣味部屋で何冊かのラノベと漫画をインベントリから取り出して棚に戻し、別のをインベントリに入れた。

他にも消費したお菓子やジュース等を補充し、久しぶりの固有空間でのんびり過ごすことにした。

なにせこの固有空間では、内部に何時間いようと、外の時間は経過しない。

一度入るのに大量の神様ポイントが必要で、内部で七日間——百六十八時間経過すると空間から追い出されてしまうという仕様ではあるのだが、ポイントを消費すれば出入りは自由。

そんなわけで、いつもは必要な物だけを取ったらすぐに出ていくのだが、今回は久しぶりに来たしヴィジュファーもいるので、制限時間ギリギリまで固有空間内にいることにしたのだった。


すっかりリフレッシュして固有空間から出た俺は、サンヴァトレが手配してくれた馬車に乗って、王宮に向かう。

以前は王家が用意してくれた馬車だったが今回はいつの間に作ったのか俺専用の馬車で、ちゃんとした装飾が施されており、王族の馬車に見劣りしない。

そのため大通りを走っていると、通行人の注目を集めていた。

王宮の門の前に到着すると、衛兵が応対してくれたのだが、乗ってるのが俺だとわかると大慌てしていた。

報告に行っているのだろう、しばらく待つと、王宮の敷地内に通され、玄関前に止まる。

馬車から降りると、国王の側近であるガイフォル侯爵が出迎えてくれた。

報告が上がって急いで来てくれたのか、少し汗ばんでいるようにも見える。

「ようこそ、リョーマ様!!　さっそく陛下のもとへご案内いたします」

「ありがとうございますガイフォルさん。急な訪問すみません……」

「いえいえ!!　リョーマ様のご訪問、陛下もお喜びですよ!!」

公式の謁見ではないから、応接室へ直行する。

すれ違う使用人や貴族と思われる人達は、俺が通り過ぎるまで跪いて頭を下げていた。

応接室の前に到着すると、部屋の前で待機していた近衛騎士が退き、ガイフォルが扉に向かって声を張り上げた。

「使徒リョーマ様、ご到着しました!!」

ガイフォルがそう言って扉を開ける。

「リョーマ様、どうぞ中へ」

ガイフォルの横を通り応接室に入る。

「ようこそお越しくださいました、リョーマ様!!」

室内にいたのは、ルイロ国王だけだ。

彼は立ち上がると、恭しく俺を迎える。

「どうぞお掛けになってください」

「ありがとうございます」

ルイロ国王が俺の向かい側のソファーに腰掛けると、ガイフォルは国王の後ろに立った。

「本日もお越しいただきありがとうございます。先日いただいた贈り物も、皆喜んで使っております。ルメルダもお菓子を大事に食べていました……そういえば、リョーマ様と夕食会をしたとガイフォルから聞きましたよ。それはもう自慢げに」

後ろをちらりと見て、ニヤッとするルイロ国王。

「へ、陛下!!」

ガイフォルは気まずそうに少し顔を背ける。その表情は少し恥ずかしそうだ。

そういえば、ルイロ国王にはうちの屋敷の料理をご馳走したことはなかったっけ。

「今度は是非王族の皆様を夕食会にご招待させてください。特別な料理でおもてなしさせていただきます」

本来なら王族を夕食会に呼ぶなどありえないことだが、そこは使徒という立場を存分に発揮させてもらう。

「おぉ!! 使徒様の夕食会にお招きいただけるとのこと、この上ない栄誉であります!! 是非お伺いさせてください」

ルイロ国王は満足げに笑みを浮かべる。

そこで俺は、本題に入る前に用意しておいた物を渡すことにした。

「そうだ! 贈り物を持ってきたので、どうぞお納めください」

「なんと、かたじけない! いつもいただいてばかりで恐縮です」

「いえいえ、俺が渡したくて渡しているだけですので。こちらが今回の贈り物になります」

スマホを出して操作し、インベントリからウィスキーと日本酒、それに合うつまみと懐中時計をテーブルに置く。

ルイロ国王は瓶の形でお酒だとわかったのか、目を輝かせた。

「これは前に贈りましたお酒の、別の銘柄になっております。違った味わいを楽しんでいただけると思います。こちらの方は日本酒といって、私が生まれ育った国で作られたお酒です。独特な味わいなので、気に入っていただけるかわかりませんが、どうぞ」

「ほう……リョーマ様のお国の酒ですか。大変興味深いです。一杯いただいてもよろしいでしょうか？」

「どうぞどうぞ」

ルイロ国王はガイフォルにグラスを用意させ、日本酒の蓋を開けて三つのグラスに注ぐ。ちゃっかり自分の分のグラスも用意しているガイフォルに思わずにやけてしまった。

三人で乾杯し、ルイロ国王とガイフォルが一口飲む。

「「ッ‼」」

二人とも目をカッと開く。

「なんとも香りが強く、そしてフルーツのような甘みが口の中に広がりスッと鼻に抜ける‼　これは美味い‼」

「はい‼　初めて口にする味わいですが、非常に美味でございます‼」

二人は気に入ったようだ。俺はほっと胸を撫で下ろす。

出したつまみを食べながら、あっという間に一杯飲んでしまった。

「リョーマ様、それはなんですか？」

するとそこで、ルイロ国王が懐中時計を指差す。

「これは懐中時計です。ここを押すと、蓋が開いて時計が見えるようになります。ここの巻軸を回すと時計が動く仕組みです」

「なんと!?　これが時計ですか!?」

驚愕する二人。

ただでさえ高級品である時計が、こんなに小さくなっているとは思ってもいなかったようだ。

「こ、こんな凄い物をいただいていいのですか!?」

「は、はい、どうぞ……」

あまりにも大騒ぎするから若干引いてしまう。

「……ところで、王妃様や王太子様がたは今日はいらっしゃらないのですか？」

「ロディアは公務を行っています。フレルとレオワールは……」

「第二王子フレル様と第三王子レオワール様は、勉学に勤しんでいる時間ですね。王妃ルメルダ様と王太子妃サリアヌ様は茶会を、第一王女リヨネット様はダンスのレッスンを受けております」

ガイフォルがルイロ国王に代わって答える。

「それなら、皆さんの贈り物はルイロ国王からお渡しいただいてもいいですか？」

「わかりました」

皆の分の贈り物を順番に出していく。それらをガイフォルが丁寧に扱い、アイテムバッグに入れた。

「それでですね、今日お伺いしたのは、アルガレストのことについてお話がしたくて……」

本題を切り出すと、国王とガイフォルは姿勢を正し、アルガレストと聞いて一瞬怪訝(けげん)な顔をする。

「……アルガレストがいかがなさいましたか？」

「そこで少しばかり活動しようと思ってまして、事前に許可をいただこうと伺いました」

「活動、ですか……？　どんなことを行うのでしょうか？」

ルイロ国王は素直な疑問をぶつけてくる。

「獣人達の生活環境を変え、彼らが飢えに苦しまないように支援を行いたいと思っております。さらには、区画全体の再開発を行い、住みやすい環境にしたいと考えてます」

アルガレストを見た俺は、獣人が置かれている現状を変えたいと思ってしまったのだ。もちろん、ノリシカ・ファミルの痕跡(こんせき)を探すという当初の目的は忘れていない。

しかしそのためにも、アルガレストの環境を変えることは必要なはずだ。

「……なるほど。獣人達は、今でこそ使徒スメラギ様によって解放されましたが、長い間奴隷として扱われていた過去があります。彼らが解放されて長い時間が経ちましたが、それでも元の扱いが劣悪で、差別意識がなかなか抜けなかったこともあり、ずっと苦しい思いをしていると聞いています。国王として、彼らに手を差し伸べるべきだと思ってはいたのですが、うまくいかず……」

そこで言葉を切り、目を瞑って考え込むルイロ国王。

沈黙が応接室を包み込み、しばらくしてルイロ国王は目を開いた。

「……わかりました。私も王として、彼らが生きやすい国にしていかねばならないと心を新たにしました。リョーマ様、私にできることがありましたら何でも言ってください。リョーマ様が成そうとしていること、私もお手伝いさせてください！」

決意に満ちた表情になるルイロ国王。

「ありがとうございますルイロ国王。よろしくお願いします！」

話は通した。これで計画を進められる。

ゆくゆくは、人間と獣人が手を取り合って仲良く暮らせるようにしたいな。

第5話　ルオッツ

王宮を後にした俺は、着替えてからアルガレストに向かった。

今回も隠密を発動して、入り組んだ狭い路地を進み、ミオネ地区——ノルスの縄張りを目指す。

まずはノルスを一網打尽にして、アルガレストから麻薬を消し去る。それだけで、獣人の暮らしは多少まともになるはずだ。

ミオネ地区に近付くにつれて、虚ろな瞳でフラフラと徘徊(はいかい)する獣人が増えてきた。おそらく薬物の中毒患者だ。

まるでゾンビが徘徊しているようにも見え、空気に漂う異臭や何かを炙ったような臭いもあいまって、正直言って異様な雰囲気である。

「……こっちか」

小さく呟き、臭いがしてくる方に向かう。

レベルとステータスのおかげで五感がかなり鋭くなっているから、容易に臭いの元を見つけ出した。

「クソが……」

俺は目の当たりにした光景に、激しい怒りを覚えた。

そこには草を炙り嗅いでいる犬獣人の少年の姿があったのだ。

俺は咄嗟に道具を取り上げ、握り潰す。

「か、返して……」

少年はか細い声を上げ、細い腕を弱々しく伸ばしてくる。

ほとんど骨と皮だけのような姿なのに、ギラギラとした瞳が俺を見つめていた。

俺は唇を強く嚙み締め、彼の肩に手を置いて神聖魔法を発動する。

仄かな青白い光が全身を包み込むと、少年の表情が和らぎ、目に生気が戻った。

彼はまじまじと俺を見つめる。

「だ、誰……？」

「俺は——」

言いかけて口を閉じ、少年を抱えて近くの小屋の中に隠れる。

そのすぐ後に足音が聞こえてきて、男が現れた。

男はそのままフラフラと通り過ぎていく。あの男からも煙の臭いがした。

「――俺はタロウ。君はこれをどうやって手に入れたの？」

握り潰した道具を見せる。

「それは……ゴホッゴホッ!!」

答えようとして咳き込む少年。

小屋の中にあったコップを浄化魔法で綺麗にし、水魔法で水を注いで少年に飲ませる。

ゆっくりと飲み込んだ少年は一息つくと、口を開いた。

「すごくお腹がすいてて……ゴミを漁ってたら男の人がそれくれた。空腹が紛れるからって……言う通りにしたら本当にお腹すかなくなって、もっと欲しかったらお金を持ってこいって……それで、鉄くずとかを集めて売って、お金を稼いだんだ」

「これ売ってる人はどこにいるの？」

「ジーンさんのお店の裏通りによくいるよ」

特に隠すこともなく教えてくれたので、店の場所も聞いてから、次の質問をする。

「君みたいにこれを買う子は他にもいるの？」

「たくさんいるよ……僕よりも小さい子が買ってるのも見たことあるよ」

それを聞いて心がより一層重くなる。

「……そうか。教えてくれてありがとう。君、名前は？」

「僕はクーハ」

「クーハの家族はどこにいるかわかる？」

「……ううん。僕に家族はいないよ……」

「そっか……ねぇクーハ、ご飯とお金をあげるから仕事をしてみない？」

「やる!!」

お金とご飯と聞いて、クーハは目を輝かせて声を張る。

「僕、どんなこともやるよ!!」

「そんな難しいことじゃないよ。アルガレストのゴミを集めてくる仕事だ。どんなゴミでもいいよ。たとえば……これとか」

ほぼ廃屋のような小屋の床に落ちている、木屑（きくず）やホコリを指差す。

「一緒にここを綺麗にしよう」

「うん!!」

「明日またここに来るから、お願いね。たくさんじゃなくてもいいよ。クーハが無理しないで集められるくらいでいいからね。あ、それと、一緒にゴミを集めてくる子もいたら、声をかけておいてくれるとありがたいな。その子達の分のお金とご飯もちゃんと用意するから」

「うん!! 頑張る!!」

「それじゃあ、いろいろ話をしてくれたから、お礼をしないとね」

俺はローブの中でスマホを操作して、インベントリから銅貨数枚と果物を六個渡す。

「こんなにいっぱい、いいの!?　ありがとうタローお兄さん!!」

「誰かに見せびらかしちゃだめだよ。取られちゃうかもしれないから。約束だよ」

「うん!!」

クーハは美味しそうに、果物にかぶりつく。

「それじゃあ俺は行くから、また明日ね」

「またねタローお兄さん!!」

クーハを小屋に残して立ち去った俺は、教えてもらったジーンのお店に向かう。

道を右へ左へと進み、教えてもらった場所に着いた。

ただの小屋だが扉は開きっぱなしで、何人もの獣人が出入りしていた。どうやら彼らは酔っぱらっているようだ。

俺は気配を最小限に抑えて小屋の中に入る。

中は結構広く、酒場のような作りだ。

多くの獣人や、数は少ないが人間もいて、談笑しながらお酒を飲んでいた。

カウンターの奥には恰幅のいい、凄みのある猪獣人の女性がいた。彼女がジーンだろうか。

俺がカウンターの端に座ると、彼女はすぐに気付いて声をかけてくる。

「いらっしゃい。何にする?」

「えっと……とりあえず適当なお酒を」

「はいよ」

女性は薄汚い瓶の中身を木のコップに注ぎ、俺の前に置く。

「……」

その液体は明らかに濁っていて、酸っぱい臭いがする。

思わず眉をひそめつつ、とりあえずものは試しにと一口飲んでみた。

「ッ!?」

口の中に広がる雑味と臭い。少しだけアルコール感を感じる。酷い酒だ。

とても飲めたものじゃないけど、周囲の人達はそれを普通に飲んでいる。

俺はそれ以上飲む気にはなれず、周りの声に耳を傾ける。

「女房が……」「そろそろ金を取りに……」「でかい仕事を……」「くたばったらしい……」「賭けは俺の勝ち……」「浮気がバレて……」「いい酒を作るのは……」「今日の稼ぎは……」

聞こえてくるのは雑談ばかり。

しばらくそうしていたが特に欲しい情報はないようなので、出ることにした。

「お代はいくらですか?」

「十ビナスだよ」

一銀貨をカウンターに置いてその場を去る。

次はクーハが麻薬を買ったという男を探しに、裏路地に行ってみた。

ただ、タイミングが悪かったのかそれっぽい男はおらず、その場で日が暮れるまで待ってみたが、結局最後まで現れなかった。

「……帰るか」

そう呟き、アルガレストを出て帰路につく。

家に帰るとスレイルとルシルフィアが出迎えてくれた。

「おかえりなさい、お兄ちゃん!!」

『おかえりなさいませ、リョーマ様』

「……」

よく見れば、ミアがスレイルの裾を掴んで、後ろに隠れている。

本当になついているようだ。まるで兄妹みたいだと、なんだかほっこりする。

「ただいま。お腹がすいたからご飯にしよう」

「ご夕食の準備ができております」

タイミングを見計らったかのように、サンヴァアトレが現れて告げるので、皆で食室に向かった。

食事が始まると、スレイルはミアが食べやすいようにステーキを切り分けたりしてあげていて、ミアは満面の笑みだ。

ずいぶんと面倒見がいいみたいだな。

「スレイルとミアは今日なにしてたの?」

「ルシルフィアと三人でボードゲームやったよ!!　ミアが一番お金持ちになったんだよ!!」

固有空間から持ってきてスレイルにあげたやつだ。

「凄いね！　楽しかった？」

ミアに聞くと、恥ずかしそうに頷く。

それから他にも、トランプなんかで遊んだらしい。

夕食も終わったところで、スレイルはミアと遊びに自分の部屋に戻っていった。

俺はルシルフィアと一緒に書斎に向かう。

『今日はいかがでしたか？』

「ああ、王宮で国王に会って、アルガレストの再開発の許可を貰ってきたよ。その後に、またアルガレストに行ってきたんだけど……麻薬に手を出した少年に出会ってね」

そこで思ったことをルシルフィアに話す。

「想像以上に深刻だよ。今この瞬間も、幼い彼らが食い物にされていると考えると、怒りがこみ上げてくる……」

『リョーマ様、落ち着いてください』

ルシルフィアの言葉にハッとする。

どうやら怒りに呼応して魔力が漏(も)れていたようだ。

幸い、ルシルフィアが書斎に結界を張ってくれていたから、外に漏れ出ることはなかった。

「ごめん、ありがとう。ともかく、早く元凶を潰さなきゃ。ただ、再開発の許可を貰ったとはいえ、いきなり俺が現れて再開発しようとしても、あそこで暮らす獣人達が素直に従うとは思えないし、大きな反発も考えられる。どうしたらいいかな？」

『でしたら、アルガレストで立場のある獣人を味方につけるのはいかがでしょうか。リョーマ様が集めてきた情報からすると、ルオッソがちょうどいいかと思います』

「闇市を牛耳る組織か……」

『はい。ノルスと敵対しているようですし、情報も手に入れられるのではないでしょうか』

「確かに。明日はルオッソに接触できるように動いてみるよ」

『わかりました……それからリョーマ様、スレイルとミアのことについて、一つご提案がございます』

ルシルフィアが自分から提案をしてくるなんて、ちょっと珍しいな。

「なに？」

『二人に文字の読み書きを教えるのはどうでしょうか？』

「それはいいね!! スレイルはゲームのおかげで日本語は読めるようになったけど、この世界の文字の読み書きはまだできないからね。教師を雇おう」

そうなると、ルイロ国王やガイフォルに人材を斡旋してもらうのがいいだろうか。

そう考えていると、ルシルフィアが首を横に振った。

『いいえ、教師は不要です。私が二人に教えます』

「おぉ!! それじゃあ二人のことお願いね、ルシルフィア」

『はい、お任せください』

「そうだ。これ、勉強が終わったら三人で食べるようにして」

俺はそう言って、インベントリからチョコやクッキーを出して渡すのだった。


翌日、身支度を済ませた俺はアルガレストに向かう。

まずは昨日約束した、クーハのもとへ。

廃屋の中に入ると、そこにはクーハと数人の少年少女がいた。

「お兄ちゃん!!」

クーハは嬉しそうに近付いてくるが、他の少年少女達は俺に疑いの目を向けていた。

「おい、本当にゴミを集めたらお金と食べ物くれるのか？」

気の強そうな狼獣人の少年が、俺を睨みながら聞く。

「本当だよ。だけどその前に……君と君、麻薬を吸ってるね？」

俺がそう言って兎獣人の女の子と狸獣人の男の子を指差すと、二人はビクッとする。

半神になって感覚が鋭くなったおかげで何となくそう感じたのだが……当たっていたようだ。ただ、麻薬を吸い始めてそれほど経っていないようだから、深刻な症状は見られない。

「二人ともこっちにおいで」

怯えたように体を竦ませる二人。

「おい!!　何するつもりだよ!!」

狼獣人の少年が声を荒らげる。

「二人を助けるだけだよ。このままじゃ二人は病気になっちゃうから」

そう言う俺を庇うように、クーハも声を上げる。

「本当だよ。お兄ちゃんは僕を助けてくれたんだよ。それに、昨日皆が食べたすごく美味しい果物はお兄ちゃんがくれた物なんだよ」

クーハの話に考え込む子供達。

というかクーハ、昨日の食べ物を皆に分けたのか。いい子だな。

「それじゃあこうしよう。言う通りにしてくれたら朝ご飯をあげるよ」

そんな俺の提案を聞いて、兎と狸の少年少女は恐る恐る前に出てきた。

俺が二人に手を翳して神聖魔法を発動すると、二人の顔色は見る見るうちによくなっていく。

二人はとても驚いた様子で、俺は他の子達を見回す。

「皆、いいかな。悪い大人が売っている麻薬は絶対に手を出しちゃいけないよ」

皆は頷く。

「それじゃあ、朝ご飯にしようか」

皆に見えないようにスマホを操作して、インベントリから果物をたくさん出す。だいたい、一人三個は食べられるくらいだろうか。

余程空腹だったのだろう、子供達は一斉に果物をつかみ取り、貪るように食べ始めた。

「皆、食べながらでいいから聞いて。クーハから聞いてると思うけど、皆にやってほしいのは、ゴミ集め。どんなゴミでもいいから集めてもらうのが仕事だよ。集めたゴミは、日が暮れる少し前にこの小屋に持ってきてくれたら、お金とご飯に交換するから」

「わかった!!　たくさん集める!!」

さっきはあれだけ俺を警戒していた狼獣人の少年だが、信用してくれたのか、力強くそう言う。

果物を食べ終えた子供達は、意気揚々と小屋を出て散らばっていった。

俺はそれを見届けると、スキル隠密を発動して、気配を隠して小屋を後にする。

「闇市は……」

呟きつつ、適当に歩く。

しばらく歩いていると、路上でガラクタを売っている鼠獣人の男を見つけた。

目の前に立ち、商品を見る。隠密を発動したままだから、目の前に立っていても男は気が付かない。

置かれているのは、剣身が半分に折れた短剣、割れた木のコップ、壊れたランタン、破れたシャツ、折れ曲がった釘、小石、骨と様々だが、こんなのが売れるのか疑問だ。

「あの」

「おわ!?　なんだお前!!　急に現れて驚かすな!!」

話を聞くために何か買おうと思ったのだが、アクションを起こしたことによって、隠密が解除される。

そのため男からは急に目の前に現れたように見えたのだろう。怒鳴られてしまった。

「す、すみません……あの、これいくらですか?」

折れた短剣を指差す。このガラクタの中で、あえて買うとしたらこれしか選べなかった。

「……七百ビナス」

ローブ姿の俺を怪しんでいるのか、男は俺の全身を舐めるように見て、ぶっきらぼうに答える。

俺が素直に七百ビナスを差し出すと、男は一瞬驚いたような表情をする。

しかしすぐに、俺の手からお金をひったくるように取ってすぐに懐に隠した。

「持っていけ」

またもぶっきらぼうに言うが、声には喜びが滲み出ている。

「あの」

「あぁ⁉　なんだ⁉　やっぱり買うのはやめるってか⁉　返金はしねぇぞ‼」

声を荒らげ俺を睨みつける男。

「いえ……闇市の場所を教えてほしいのですが……」

「……あぁ、それなら」

道を教えてもらった俺は、短剣を受け取って懐にしまい、その場を離れる。

男はそそくさとガラクタを片付けると、満面の笑みでその場を走り去ってしまった。

教えてもらった道を行くと、いろんなお店が並ぶ路地に出た。

多くの獣人や、俺と同じようにフードを深くかぶった人々が行き交っている。

ざっと見た感じだが、食料、衣類、日用品、医療品、武具、魔導書、宝飾品、骨董品、ガラクタ……何でも売っていた。

ただし、表で売っているような物はここでは希少品らしく、並んでいる商品のほぼ全てが、ワケアリ品だった。

精巧な、あるいは粗悪な偽物だったり、禁制品だったり、盗んできたらしき物だったりと様々だ。

そして驚くのは値段。売っている物はとにかく高い。見るからにボロボロな物まで、不似合いな値段がつけられているのだ。

それでも必要としている人がたくさんいて、売れているようだった。

俺はふと思い立ち、串焼きを焼いている屋台に並ぶ。しばらくして俺の番が来た。

「一本ください」

「あいよ。一本二百ビナス」

普通の通りにある屋台だったらだいたい二、三十ビナスくらいなのに、ここでは二百ビナスもするのか。

串焼きを受け取った俺は、道の端に寄って、一口食べてみた。

筋張っていてゴムのような食感、口の中に広がるのは雑味。

「……ッ、これ、なんの肉だ？」

「それはコボルトの肉だぜ」

思わず呟くと、隣から声をかけられた。

髪がツンツン尖っている、活発そうな豹獣人の若い男が、ジーッと食べかけの串焼きを見ている。

「コ、コボルト……」

「なんだ、もう食わねぇのか？　もったいねぇな」

それ以上食べる気になれなかった俺は、彼に串を差し出す。

「食べかけでいいならあげるよ」

「サンキュー‼」

豹の若い男は嬉しそうに受け取ると、美味しそうに頬張った。

あんな物でも、彼にとってはご馳走なのかもしれない。

俺はもう少し闇市を見学するためにその場を離れ、屋台や露店を見ていく。

どこから盗ってきたのか赤い宝石のついた指輪や、怪しげな本、禍々しい像、歪(いびつ)な壺(つぼ)、汚泥のような水、骨にわずかばかりの肉の欠片がついた残飯、まだ熟していない果物。

一方で、ちゃんとした魔導書にしっかりした刀剣、立派な紋様(もんよう)の鎧(よろい)なども見られ、美味しそうな料理もある。

まさになんでもありだ。

「なぁ、何か探してるのか？」

ふと、後ろからそう声をかけられた。

声の主は、コボルトの串焼き肉をあげた豹獣人の若い男だ。

さっきからずっと、頭の上で手を組んでニコニコしながら、俺の後ろをピッタリとついてきていた。しばらくしたらいなくなるだろうと思って放っておいたんだけどな。

振り向き、どう答えるかと思っていると、男は言葉を続ける。

「俺、この辺詳しいから案内してやるよ！　その代わり、お駄賃(だちん)くれ！」

「……わかりました。それじゃあ、物を買い取ったりしてくれる人のところに案内お願いします。俺はタロウです」

「よろしくなタロー！　俺はソーヤだ！　買い取ってくれる人はたくさんいるけど、何を売りたいんだ？」

「えーっと、これを買い取ってくれる人を捜してます」

俺は懐から、ソーヤだけに見せるように、大粒の綺麗なアクアマリンを取り出す。

これは、小都市ファレアスにいた時にフェイロン大商会の晩餐にお呼ばれして、いくつか貰った物のうちの一つだ。

ソーヤは目を見開く。

「どうかな？」

「そ、それならドズの旦那（だんな）がいい！　こっちだ！」

人混みを抜け、闇市の通りから一歩裏路地に入る。

道は狭くなり、人通りはなく、重く迫力のある雰囲気が漂う。姿は見えないが、俺を注視している気配をそこかしこから感じた。

「ここだよ！」

しばらく歩き、寂れた小屋の前に立つ。

本当にここでいいのだろうかと、ソーヤをチラッと見るが、彼は自信満々の表情だ。

そして俺の不安をよそに、ソーヤは小屋の中に入っていく。

「おーい！　お客さん連れてきたぞ！」

「あぁ～？　そんな大きな声じゃなくても聞こえる!!」

奥からでかい図体の、牛獣人の男がノシノシと歩いてきた。こいつがドズか。

漂ってくる酒気に思わず眉間に皺を寄せる俺を気にした様子もなく、ドズはドカッと椅子に座り、ジロッと見てくる。

「で、何を売りたいんだ？」

「……これを」

アクアマリンを出すと、ドズは目を細めた。

「なかなかの上物だな。どこで手に入れたんだ？」

「……」

無言でいると、ドズは気にした様子もなくアクアマリンを注意深く観察する。

「九千ビナスでどうだ？　言っとくが、他のところに持ってってても足元見られるだけだぜ」

「わかりました……ところで一つお尋ねしたいのですが、貴方はルオッソの関係者ですか？　ぜひボスにお会いしたいのですが」

俺がそう聞くと、ドズの気配が一変する。

敵意を剥き出しにし、隠し持っていたらしきショートソードを取り出し俺に向けてきた。

「……てめぇ、何者だ？」

背後の入り口近くでは、いつの間にかソーヤがナイフを構えていた。

しかし俺は両手を上げて敵意がないことを示す。

「あぁ、ただお話できればなと思っているだけですよ。危害を加えるつもりはありません」

「バカが。ボスに簡単に会わせるわけねぇだろ」

この口ぶり、やはり彼らはルオッソの構成員なのだろう。

どう切り出せば取り次いでもらえるか考えていると、ドズがソーヤに声をかけた。

「おい、コイツを縛り上げろ」

「はい!!」

ソーヤはロープを取り出すと、俺を縛る。ついでに俺の全身を弄(いじ)り、ポケットに入っていた金貨と銀貨を奪った。

「これはお駄賃な!」

一方でドズはアクアマリンを取り上げて袋に入れた。

嬉しそうに自分の懐に仕舞うソーヤ。

「ついてこい」

うーん、この程度の拘束ならすぐに解けるし、何より俺の正体を教えたら、すぐに解放してもらえると思うけど……とりあえずここは、彼らの情報を得るためにも、大人しく従っておくか。

俺はドズの後をついていき、小屋の裏口から出る。

そして別の小屋に入って、地下へと続く階段を下っていくと、そこには牢屋(ろうや)があった。

猫獣人の男に引き渡された俺は牢屋に入れられ、ドズは猫獣人と少し話してからどこかに消えていった。

牢屋の中は汚れが酷く、通路から照らすロウソクの明かりに所々、血痕が見える。

俺は地面に腰掛け壁にもたれかかって、どう動くか考えることにした。


捕まってから数時間、日が暮れ始める頃。

結局あの後、猫獣人に話しかけても答えてもらえず、それならドズと話をしようと思い、彼が戻ってくるのを待っていたのだが、結局この時間までやってこなかった。

ただ、ゴミ拾いをしてくれている子供達に報酬を渡しに行かなきゃいけないから、一旦この牢屋を出たい。

俺は鉄格子の前に立ち、周りを見てみる。

少し離れたところに、見張りの猫獣人があくびをしながら椅子に座っているだけで、入ってきた時と代わり映えしない光景だ。

さてどうしたものか……あの猫獣人を呼んで、金を握らせてここを出るか、あるいはこっそり抜け出すか？

いずれにしても、ドズとは話がしたいので、ここには戻ってきた方がいいだろう。

それなら話がこじれないようにこっそり行って戻ってこようと考え、準備を始める。

インベントリから箱庭産の果物をたくさん出して、猫獣人が今いるところから直接見えない場所に積み、その上に俺の洋服を被せる。

薄暗い牢屋の中なら、この程度の工作で十分だろう。

次に写真で牢屋の中を撮影し、マップを開いて現在地をピン止め。そのピンに写真を登録すれば、転移門でいつでもこの牢屋の中に転移できる。

準備が整ったところで、さっそく脱出を始める。

影魔法を発動し、溶けるように影の中に沈み込む。

影を移動させて難なく牢屋を出て階段を上がり、小屋のドアの隙間から抜け出した。

そして周囲に人がいないのを確認して影から出て、隠密を発動する。

これで誰にも気付かれずに無事に脱出完了だ。

俺は急いで、クーハ達が待っているだろう小屋へと向かった。

日が暮れていくにつれて雰囲気が増していく中、俺はようやく小屋に到着した。

「遅くなってごめんね。ちょっといろいろあって……」

「兄ちゃんおせーよ!!　待ちくたびれた!!」

薄暗い部屋の中、狼獣人の少年が不満げに声を上げる。

俺が指先に小さな炎を灯すと、小屋の中は明るくなって、様子が見えるようになった。

一生懸命ゴミを集めてくれたのだろう。皆は全身が汚れていて、部屋の隅にはゴミが積まれている。

「それじゃあ報酬を渡すけど……その前に、皆綺麗になろうか」

俺は炎を灯しているのとは反対の手を子供達に翳し、浄化魔法を発動する。

清涼な空気が子供達を包み込むと、汚れが消えていき、ものの数秒で見違える姿になった。

皆、綺麗になった自分の姿を確かめるように、ぴょこぴょこと耳を動かしたり、フリフリと尻尾を揺らしたりして可愛らしい。

「はい、じゃあ皆順番に並んで。報酬を渡すよ」

俺の言葉で、俊敏(しゅんびん)に動き先頭に立つのはやはり狼獣人の少年だ。

三百ビナス——使いやすいように五銀貨を四枚、一銀貨を十枚と、果物を抱えられる程度渡す。

狼獣人の少年は銀貨に目を輝かせて、大事そうにポケットに入れた。

そして俺が次の子に報酬を渡している間にも、さっそく部屋の隅に移動して、美味しそうに果物を頬張っていた。

報酬を渡し終わると、皆大喜びだ。

「全員貰えたね？　それじゃあ明日もゴミ拾いお願いしていいかな？　あ、それと、何か欲しい物があったら言ってね。用意してあげるから」

「俺、肉食いたい!!」

一番に声を上げたのが狼獣人の少年。

クーハも手を挙げて、期待に満ちた瞳で俺を見る。

「ぼ、僕も!!」

男の子達はほとんどがお肉をご所望のようで、女の子達は話し合ってお菓子が食べたいと決めていた。

「わかった。明日はお肉とお菓子を用意しておくから、頑張ってゴミ集めお願いね。それから、他の子達を見かけたら、ゴミ集めのこと教えてあげてね。皆雇うから」

子供達は「はーい!!」と元気よく挨拶をして、散り散りに帰っていった。

皆がいなくなった小屋の中で、ゴミをインベントリに入れる。後日別の場所で焼却処分しよう。

そして転移門を起動した俺は、牢屋内に転移し、急いで果物と洋服を片付ける。

幸いなことに、猫獣人はうとうとしていて、俺が抜け出してたことに気付いていないようだ。

ホッとしていると、スレイルからの念話があった。

『お兄ちゃん、まだ帰ってこないの?』

『ごめんね。今いろいろあって、しばらく帰れそうにないかなぁ。ルシルフィアの言うことをちゃんと聞くんだよ。ミアの面倒もちゃんと見てね』

『はーい!! 早く帰ってきてね!!』

念話が終わると、いつの間にか目を覚ましたのか、猫獣人の男が牢屋の前に来た。

「ほら、飯だ」

拳(こぶし)ほどもないサイズの黒いパンを放り投げてくる。

俺は床に転がったそのパンを拾い上げて汚れを落とし、一口齧ってみた。

だが、まるでブロックを噛んでいるかのように硬く、焦げたような苦味が口の中いっぱいに広がり、思わず吐き出す。

早くもうちの料理人が作る美味しいご飯が恋しくなってきたな……

次の日。

スマホを確認すると、時間は朝の八時を過ぎたところだ。俺は睡眠欲もなくなっているので、あれから暇すぎてずっと妖精の箱庭で時間を潰していた。

するとふいに、熊獣人のいかつい男が鉄格子の前に立つ。

「てめぇか、ボスに会いたいっていうバカは。おい。ローブを脱いでツラ見せろ」

言う通りにして、アレクセルの魔套を脱ぐ。

するとその途端、ローブにかかっていた魔力隠匿の効果が解除され、俺の濃密な魔力が溢れ出した。

自分で極力抑えてはいるが、完全には無理だ。

熊獣人の男は獣の勘でただならぬ気配を感じ取ったのか、後ずさる。

「た、ただの人間じゃねぇな……目的はなんだ!!」

「う～ん、なんて言えばいいのかなぁ……そうだ、俺が使徒だって言ったら信じてくれます？」

「……はぁ？」

熊獣人は、何言ってんだコイツというような目で俺を睨む。

「使徒様がこんなところに来るわけないだろ。馬鹿にするのもいい加減にしろよ」

怒りを露わにする熊獣人。

そりゃそうだ……突拍子もなくそんなこと言われても、信じられる人なんてほとんどいない。バ力にされたと考えてもおかしくないか。

怒らせてしまったことを申し訳なく思いながら、俺はインベントリから使徒専用の冒険者登録証を取り出す。

俺の魔力に呼応して輝き、情報を浮かび上がらせるそれを見て、熊獣人は目を見開いた。

「マ、マジ……ですか？」

弱々しく敬語になる。

「はい……それと一応、これがルイロ国王から貰った身分を証明するものです」

俺はさらに、一枚の紙を取り出す。俺が使徒であると証明するという文言に、国王のサインと金の王印章がされている。

「た、大変申し訳ありません‼」

その途端、土下座する勢いで恐縮する熊獣人の男。

最初見た時よりも図体が小さくなったように錯覚してしまう。

「おい！　今すぐ鍵を開けろ！」

離れたところで見張りをしている猫獣人に指示を出す。

「ど、どうぞ外へ！　ボスのところに案内します！　自分はルオッソで幹部補佐をしてます、ノワと申します！」

ペコペコと頭を下げるノワ。

見張りの猫獣人の男は、一連の話が聞こえていたのか、冷や汗を流していた。

「あの、俺の素性はあまり口外しないようにお願いします」

「はい!!」

あまり広くない通路の真ん中で、少し窮屈そうに頭を下げるノワ。

俺は再び、ローブを身に着け、全身をすっぽり覆い隠す。

「それじゃあ、案内お願いします」

第6話　獣人の守護者

闇市から少し外れて奥の方へ進んで行くと、大きな建物が見えてきた。

「リョーマ様、あれが俺達ルオッソの本拠地です」

「結構立派なものですね」

周囲の小屋がみすぼらしいのに対して、ルオッソの本拠地は屋敷のようにしっかりした造りで目立つ。

中に入ると、構成員と思われる獣人が多くいて、一斉にこちらを注目した。

「兄貴！　おかえりなさい！」

若い犬獣人の男がノワに駆け寄る。

「兄貴、そちらの御方は？」

「この御方は大事なお客さんだ。リョーマ様、こいつは俺の舎弟（しゃてい）のイルトです」

「イルトです！　よろしくお願いします！」

俺に深く頭を下げるイルト。

「リョーマ様、まずは応接室にご案内いたします」

イルトをその場に残し、俺はノワに連れられて建物一階の奥にある応接室に通される。

「どうぞお寛ぎになってください！　俺は上の者呼んできます！」

ノワは応接室を出ていった。

俺はローブを脱いでソファーに座り、ボスに会えたら何を話すか考える。

この貧民街を改善して、獣人達が住みやすい街に作り変えると言って素直に協力してもらえるかどうか……俺の使徒という立場に期待するしかない。

待つこと十数分、獅子（しし）獣人の壮年の男が応接室に入ってきた。

大きな体、立派な鬣（たてがみ）、鋭い眼光で俺を見る。

「……貴方が使徒リョーマ様ですか？」

俺は立ち上がり軽く頭を下げる。

「はじめまして。リョウマです」

懐から使徒専用の冒険者登録証を取り出して魔力を流し、浮かび上がる情報を見せる。

「――確かに確認しました。申し遅れました。ルオッソのボスを務めております、ガオルフと申します。使徒様が私にどういったご用でしょうか」

穏やかな雰囲気だが、俺を警戒しているような、探るような視線を向けてくる。

「突然すみません。さっそくで申し訳ないのですが、ガオルフさんはこう考えたことはありませんか？　今の環境じゃなくて、もっと普通の暮らしをしたいと」

「まぁ……考えたことがないと言ったら嘘になりますね。ですが、今は不自由しているわけじゃないので、特に不満はありませんね」

「ああ、ルオッソという大きな組織にいる貴方はそうかもしれません。ですが他の獣人達はどうでしょうか？」

そう聞くと、ガオルフは目を瞑って腕を組み、小さく唸る。

そこへ俺は、畳みかけるように言う。

「俺は獣人達の生活の環境を良くしたいと考えてます。獣人の皆さんが人間から受ける差別や迫害に苦しまないように、そして子供達が飢えに苦しまないように。普通の仕事をして、お金を稼いで、皆が当たり前の幸せを謳歌できるように……」

目を瞑ったまま黙って俺の話を聞くガオルフ。

「今回俺がここに来たのは、それを実現するために、ガオルフさんに協力してほしいと思ったからなんです」

「……協力ですか？」

「はい。先ほども言いましたが、俺はこのアルガレストを、獣人達が幸せに、安全に暮らせるように作り変えたいと思ってます。ですが、自分は人間の半神です。かつて獣人を虐げてきた種族である人間が何かしようとしても、獣人達の信用を勝ち取るのは難しいでしょう。だから、ガオルフさんには俺の後ろ盾に……いえ、獣人達と俺の懸け橋になってほしいんです」

「……なるほど」

応接室は沈黙に包まれ、緊張感が張り詰める。

数秒が数十分に感じられる空気の中、俺は背筋を伸ばし、まっすぐガオルフを見る。

ガオルフはいまだ目を瞑って腕を組んだまま微動だにしない。

そしてしばらくして、静かに口を開いた。

「使徒であるリョーマ様が、どうして我々獣人をそこまで気にかけてくださるのですか？」

今度はガオルフがまっすぐ俺の目を見る。

俺は本心を伝えるために、見つめ返して答えた。

「納得できないんです。人間は人間で貧富の差がありますが、それでも尊厳を守って生きてます。ですが、貴方がた獣人は違う。一部の獣人を除けば、このアルガレストという劣悪な環境の中で、必死に生きている。同じ言葉を話すヒトでありながら、あまりにも違いすぎる」

俺の言葉を、ガオルフは黙って聞いていた。

「俺は、幸せになった貴方がたが心から笑い合っているところが見たい。かつて皇さんが獣人を奴隷から解放したように、俺は貴方がたをこの地獄から解放したいんです……と、いうのは綺麗事ですかね」

俺は頬を掻きながら、肩をすくめる。

「単純に、貴方がた獣人が好きなんですよ。確かに姿は人間と違う部分もありますが、その姿は可愛いと思うしかっこいいと思う。できれば仲良くしたい……というのが本音です」

俺は地位や財産があり、大抵の物は手に入る何不自由しない人生を送っている。それはこの世界で半神になったこともそうだし、地球でも家の力でそうだった。

だからこそ、自覚もあるが、俺はわがままだ。

つまり結局のところ今回も、獣人達を幸せにしたいという俺のわがままを叶えたいだけなのだ。

この本心はガオルフに伝えるべきだと思い、正直に話した。

ガオルフはやはりしばらく沈黙していたが、やがて口を開いた。

「……なるほど。リョーマ様の考えはわかりました。使徒様のお力があればこの地獄を変えることはできるでしょう。喜んで協力申し上げます。ただ、不躾ながら、私からも一つリョーマ様にお願いを申し上げてもよろしいでしょうか？」

「なんでしょうか？　自分にできることでしたらなんでも言ってください」

「我々獣人が人間と対等になれるように、使徒であるリョーマ様に獣人の後ろ盾になっていただきたいのです。このアルガレストだけではなく、奴隷から解放された現在もこの大陸に暮らす獣人の希望のために」

この大陸に残った全ての獣人の思いを背負う覚悟があるか。

そう問いかけるガオルフの瞳の奥には、強い意志が見える。

今度は俺が目を閉じて考える。

この大陸に、いったいどれだけの獣人がいるのだろうか。その全ての獣人の運命を、俺が背負うことになる……


目に見えない、とてつもなく巨大な何かを背負う力が俺にあるのだろうか。

数万数十万、もしかしたら数百万の獣人達の前に立ち、彼らを守る覚悟。

他の使徒はどうだろうか。

ユシルさんはエルフやドワーフ、妖精や精霊、そして世界樹を守っている。

ヴィジュファーは魔族達を取りまとめ、頂点に君臨している。

皇は冒険者ギルドを創設し、何十万何百万の冒険者を統括している。

樋口さんも一国の王となって多くの国民を抱えている。

志村さんは……旅をしているからよくわからないけど、使徒のそれぞれが大きな何かを背負っているのだ。

それなら、俺にだってできるはずだ。だから俺は――

「任せてください。俺は使徒としてまだまだ頼りないところがあると思いますが、全力を尽くしたいと思います」

「ありがとうございます、リョーマ様。私も、リョーマ様のために全身全霊をかけて尽くしていく所存です。これからもよろしくお願いいたします」

ガオルフは立ち上がると、俺の前に跪いた。

するとその時、スマホからメールの受信音がピコンと鳴る。

メールを送ってくるのは俺をこの世界に連れてきた神様、メシュフィムしかいない。

さっそくスマホを取り出し、メールを見てみる。


久しぶり、玲真！

君の決断は、世界に大きな影響を与える。

僕は君の意思を尊重するよ！

応援してるからね！

それから、君に会わせたい神がいるから、今度教会に来てね！

楽しく見守っているよ♪

またね～。


とんでもない内容だ。

俺の決断が世界に大きな影響を与える⁉　神様に会わせる⁉

いったいどういうことだ⁉

激しく混乱しつつ、一度大きく深呼吸し、精神を落ち着かせた。

ガオルフはそんな俺の様子を不思議そうに見ている。

「いかがなさいましたか？」

「い、いえ……お気になさらずに。これからもよろしくお願いします、ガオルフさん。それで具体的な話ですが、アルガレストの環境を良くするために、一帯の再開発をしようと考えてます。これは俺が主導で行うので、住民である方々から大きな反発が予想されます……だから、ガオルフさんにはその方々への説得をお願いしたいのですが」

「お任せください、リョーマ様」

「ああ、資金は全部俺が出すので心配しないでください。いくらかかろうが全て出します。それと、食料の用意もしてあります」

「わかりました。このアルガレストがどう変わっていくのか楽しみです」

ガオルフは期待に満ちた目で俺を見る。

俺はとりあえずの資金として、五十万ビナスをテーブルに置いた。

かなりの大金にガオルフは若干目を丸くする。

そうだ、当初の目的についても忘れないようにしないと。

「あ、ノルスについて知ってる情報があれば共有してほしいです」

ノルスと聞いて、忌々しそうに顔をしかめるガオルフ。だいぶ嫌悪しているようだ。

「奴らのことでしたら全部教えます。しかし、なぜ奴らの情報を？」

「アルガレストの中で麻薬を売りさばいていると聞きました。しかも幼い子供にまで麻薬を売る始末……到底許されることじゃありません。奴らは必ず撲滅します」

俺の言葉から怒りが滲み出ていたのだろう、ガオルフは怯えたように顔を青くする。

それに気が付いてすぐに精神を落ち着かせ、怒りを抑えた。

「リョーマ様の怒りはごもっともです！　ノルスの奴らは俺達のシマを荒らしていくクソ野郎どもですよ」

今度はガオルフが忌々しそうに、怒りを露わにする。

詳しく聞けば、どうにかしようとした仲間が何人も攫われ、その多くが殺されていると言う。

好き勝手暴れまわり、手を焼いているようだから、早急に手を打たないといけないな。

引き続き、ガオルフからノルスについての情報をいろいろ聞く。

アジトの場所はまだ把握できていないようだが、隠れ家をいくつ見つけているようで、近々その隠れ家を急襲する計画があるそうだ。

その時に俺も同行し、力を貸すことにした。

他にもアルガレストの再開発についても話し合い、いろいろ計画を立てていく。

その日はガオルフが部屋を用意してくれて、ルオッソのアジトで一夜を明かした。

もちろん、夕方に子供達に報酬を渡しに行くのも忘れなかった。


次の日、俺は会議室のような部屋にいた。

この場にはボスであるガオルフの他に、ルオッソの若頭と六人の幹部が勢ぞろいしている。

「皆よく集まってくれた。これから緊急幹部会を行う。その前に紹介したい御方がいる。俺の隣にいるのは使徒リョーマ様だ」

ガオルフが落ち着いた様子で、威厳に満ちた雰囲気でそう言う。

俺が使徒リョーマであると紹介されて、幹部の面々は驚愕している。

そして、一斉に立ち上がり俺に対して深く頭を下げた。

「「「「「お初にお目にかかります!!」」」」」

これだけの男達が声を揃えて挨拶をする様は、まさに大迫力だ。俺は若干気圧される。

「えっと……リョウマと申します。よろしくお願いします」

「皆座ってくれ。今日集まってもらったのは他でもない。俺の権限で、今日からルオッソはリョーマ様と協力関係になる。異議がある奴はいるか？」

誰も異を唱えないが、表情には困惑が浮かぶ。

「あの、ボス……」

右目に傷のある、四十代くらいの山羊獣人の男が手を挙げる。

「どうしたメレオ……ああ、リョーマ様。こいつは若頭のメレオです」

「改めましてよろしくお願いします、リョーマ様。それでボス、俺達はこれからリョーマ様と協力関係になるということですが、具体的に何をするのですか？」

まぁもっともな疑問だな。

そのあたりについてはガオルフから説明してくれることになっているので、俺は黙っておく。

「アルガレストを変える。まずはアルガレストの膿であるノルスを排除する予定だ。現時点で把握している隠れ家を急襲し、売人リーダーの一人、マニスを攫う。報復の襲撃も予想されるから、各自注意して行動してくれ」

ガオルフのこの発言に幹部達の雰囲気が一変し、凄味が増して顔つきが鋭くなる。

「行動開始は三日後だ。人員を集めろ」

「「「「「はい!!」」」」」

「リョーマ様から何かありますか？」

ガオルフが俺に話題を振ったことで、幹部達全員が俺に注目する。

俺は内心ビビりながら、毅然とした態度で口を開いた。

「皆さん、突然のことで戸惑いが大きいと思います。俺がここにいるのは、アルガレストを変えたい一心からです。子供達は痩せ細って飢えていて、大人達も明日に希望を持つ者は少ない。ですが獣人の皆さんも、力強く、堂々と生きるべきだと俺は思っています」

俺は一人一人の顔をしっかりと見て、言葉を続ける。

「だから、俺に貴方がたを助けさせてください。これからは人間に後ろ指をさされ蔑（さげす）まれることはない。差別され迫害されることもない。この俺が貴方がたの味方になる。だから、俺に力を貸してください」

俺は頭を下げる。

その瞬間、幹部達の雰囲気が変わったのを肌で感じた。

アルガレストを変えるという言葉が本気だと伝わり、そしてその意味を、改めて噛み締めたのだろう。

「「「「「この命はルオッソとリョーマ様のために!!」」」」」

凄まじく迫力のある声が室内に響き渡る。

その後は幹部達による報告があり、緊急会合は終わった。


俺は三日後の作戦に備えて一度自宅に戻る。

毎日夕方には子供達に報酬を渡しに行きつつ準備を進め、三日後、再びルオッソのアジトへ行く。

ノルスの隠れ家襲撃の準備はすっかり整っていた。

今回の襲撃に参加するのは、ルオッソの構成員三十人と幹部補佐が三人。それぞれ構成員十人と幹部補佐一人のグループに分かれ、三つの隠れ家を同時に襲撃する手筈だ。

そして俺は、そのうちの一つに同行することになっていた。

「――リョーマ様、あれが今回襲撃するノルスの隠れ家です」

薄暗く細い路地を進むこと三十分、幹部補佐である狼獣人の青年カロンが小声で告げる。

周囲の建物と比べても、特に変わったところのない普通の部屋だ。ノルスの隠れ家だとは、言われなければわからない。

カロンがジェスチャーをすると、構成員達が駆けていって隠れ家を急襲した。

「なにもんだこの野郎!!」

「取り押さえろ!!」

「誰も逃がすな!!」

「そっち逃げたぞ!!」

激しく争う声が聞こえてくるが、やがて静かになった。

「リョーマ様、行きましょう」

俺は頷き、カロンの後ろをついていく。

小屋の中に入ると、ルオッソの構成員が四人の獣人達を拘束していた。

部屋には、吸入器や麻薬と思われる小分けにされた粉袋がいくつもある。

拘束された獣人達は顔を腫らして口や鼻から血を流していた。

相当痛めつけられたのか、一人は気絶している。

「誰も逃してないだろうな」

カロンがノルスの奴らを見下ろしながら、構成員の一人に聞く。

「はい!!　ここにいたのはこの四人だけです!!」

一人が答えると、カロンは頷いて俺を見た。

「リョーマ様、この中にマニスはいないようです。こいつらを連れて戻りましょう」

「わかりました。俺の出番はありませんでしたね」

思わず苦笑いする。もっと激しい戦いになるかと思ってたが、実にあっけない。

「今回は隠れ家の奇襲なので、こんなものだと思います。抗争が本格化したらリョーマ様のお力添えが必要になると思います」

「わかりました。その時は任せてください」

それから俺達は、隠れ家にあった麻薬や売上を押収する。

捕らえた売人は、猿轡(さるぐつわ)をかけてから目隠しもして、担いでルオッソのアジトへ運んだ。

しばらく待っていると他のグループも戻ってくる。

結果、捕らえたノルスの売人は計十七人だった。

「マニスというのは誰です？」

「こいつです」

俺の言葉に、カロンが豚獣人を俺の前に連れてきて跪かせる。

後ろ手に縛られ目隠しされている豚獣人マニスを、俺は見下ろす。

「リョーマ様、後のことは我々にお任せください。必ず情報を引き出してみせましょう」

そんな俺を見て、若頭のメレオが恭しく頭を下げた。

そういうことは彼らの方が熟知しているだろうから任せることにして、子供達のところに顔を出してから、屋敷に戻るのだった。


「おかえりなさいお兄ちゃん!!」

『おかえりなさいませリョーマ様』

「ただいま、久しぶりだね」

元気に出迎えてくれたスレイルとルシルフィアと話していると、スレイルの後ろに隠れていたミアがおずおずと出てくる。

「あ、あの……おかえり……なさいです」

「うん、ただいま」

しゃがみこんでスレイルとミアの頭を撫でる。

ミアは可愛らしい服を着て、すっかりうちに馴染んでいた。

皆でご飯を食べた後、スレイルとミアは部屋でボードゲームをするということで遊戯室に行き、俺はルシルフィアと共に書斎に行く。

「たまには一緒に一杯やろう」

インベントリからグラス二個と最高峰のヴィンサントを出す。

グラスに注がれるのは、琥珀色（こはくいろ）のデザートワイン。甘くスパイシーで芳醇な香りが際立つ一本だ。

グラスを手に取り一口含むと、口の中に様々な風味が複雑かつ絶妙なバランスで広がった。

『これは……また恐ろしく美味なお酒ですね』

ふぅとため息をついて感嘆するルシルフィア。

「美味しいと思ってくれたなら良かったよ」

『素晴らしいお酒をありがとうございます……アルガレストの方は順調ですか？』

「うん。今日はノルスの隠れ家を急襲したから、今後抗争が激化すると思う。一般の獣人達に被害が出ないように頑張るけど、もしもの時は手伝ってほしい」

『もちろんです。私にできることがありましたら、何でもお申し付けください』

そう言って頭を下げるルシルフィア。

「ありがとう。そうだ、スレイルとミアの勉強の調子はどう？」

そう聞けば、どうやら順調に進んでいるそうだ。

特に勉強後のお菓子がモチベーションアップに繋がったようで、二人とも一生懸命頑張って、勉強が終わったからは仲睦まじく食べていたらしい。

文字以外にも、簡単な計算を遊びを取り入れて教えているようだ。

本当にルシルフィアは優秀だな……あ、そうだ。

「メシュフィム様に呼ばれて、明日は教会に行くんだけど、一緒に行く？　スレイルとミアも」

『いいですね！　スレイルは外に遊びに行きたがっていましたし、ちょうどいいかと思います』

「それじゃあそうしよう」

サンヴァトレを呼び、明日教会に行くから馬車の用意をしてもらうようにお願いする。

話も終わったところで、ルシルフィアは自室に戻り、俺も風呂に入ってから寝室へ向かう。

妖精の箱庭を起動していろいろ確認したり、インベントリからラノベを出して読んだりしながら、夜を明かした。


翌日。

「二人とも準備はいい？」

「うん!!」

「だ、大丈夫です……」

スレイルは元気に答え、ミアは緊張している様子だ。

二人とも余所行きの服を着て、ルシルフィアも聖女のような純白のドレスを着ている。

「リョーマ様、馬車が到着いたしました」

「わかった」

俺はローブを着て、皆と一緒に屋敷を出る。そのまま玄関前に停まっている馬車に乗り込み、教会に向かって出発した。

教会の人達には、俺が行くことをサンヴァトレから通達してもらっている。

大通りを進んで教会前に到着すると、司教や司祭、シスターが出迎えてくれた。

出迎えることなど滅多にないからか、あるいは俺の馬車が派手だったからか、近くにいた人々の注目を集めてるな。

そんな中、俺達は順番に馬車を降りた。

俺は一応フードを深く被って馬車から降りたのだが、さすがは神に仕える人達だ、すぐに俺が使徒だと見抜かれた。

老齢の司教が前に出てくる。

「お待ちしておりました、偉大なる使徒リョーマ様、尊き天の御遣い様。わたくし、神聖教会ガルストエンデ大聖堂で司教を務めております、ミルヒエロと申します」

どうやらルシルフィアが大天使であることも感づいているようだ。

同時に、スレイルやミアに対してもかなり丁寧に対応している。

「さぁどうぞ、聖堂へご案内いたします」

ミルヒエロ司教は直々に、俺達を大聖堂の中に案内してくれる。

大聖堂の中は、いくつもの大きな神像が弧を描くように配置されていて、神聖な空気に満ちていた。

「うわぇ……凄いなぁ……」

スレイルは感動している様子で神像を見ている。

そういえばスレイルの種族はヴァンパイアデビルなんだけど、ここにいて大丈夫なのだろうか。今更ながら心配になる。

するとルシルフィアは俺の心配をすぐに察したようだ。

「ご安心ください、リョーマ様。スレイルはリョーマ様の従魔なので、ここにいても影響はありません」

「そっか。良かった……」

俺はホッと胸を撫で下ろす。

「それじゃあ俺はメシュフィム様に挨拶してくるから、皆はミルヒエロ司教に大聖堂の中を案内してもらって」

「はーい!!」

スレイルは元気よく返事をする。ミアはスレイルの後ろにピッタリくっついて、裾を掴んでいた。

「お任せくださいリョーマ様!! 隅々までご案内いたします!!」

ミルヒエロ司教はものすごく張り切っている。

俺は一人離れて、メシュフィムの神像の前に立った。

遊戯と享楽を司る少年神。

その神像から、強い繋がりと強烈な気配を感じる。

俺の右肩甲骨(みぎけんこうこつ)にあるメシュフィムの祝福の証が疼(うず)いた気がした。

さっそく俺は跪いて祈りを捧(ささ)げる。

同時に、初めて教会で祈りを捧げた時と同じような、強烈な浮遊感に襲われる。

次の瞬間、全身を包み込む圧倒的な気配を感じ、顔を上げると巨大で荘厳な神殿の中にいた。

そして目の前にある大きな神座には少年が座っていて、ニコニコと俺を見下ろしている。

『ようこそ、玲真』

凛(りん)とした声が頭に響く。

これまではメールでしかメシュフィムとやりとりしていなかったのだが、これが彼の声だろうか。

言葉にできない不思議な感情が心に満たされる。

それは全く不快ではなく、むしろ心地よいものだった。

『ここは僕の領域。寛いでいってね!!』

「あ、えっと……」

改めてその存在を目の前にすると、うまく言葉が出ない。

あまりにも巨大すぎる存在感に、俺は圧倒されていた。

『緊張しないで。メールみたいに聞きたいこととかあったら気軽に何でも聞いてね』

「何でも……ですか……」

『うん!!　何でも聞いて!!』

「それなら……」

地球の両親や幼馴染のことを聞くことにした。

元気にしているのか、急に俺が消えてからどういうふうに暮らしているのか知りたい。

言葉にはしてこなかったが、心の片隅で、ずっと気になっていたのだ。

『説明するより見てもらった方が早いかな』

そんなメシュフィムの声と同時に、目の前に空間の歪みが生まれ、穴が開くと向こう側に景色が見えた。

「あ……」

そこには少しやつれたお母さんの姿が映し出される。

お母さんは俺の写真のアルバムを見て寂しそうにため息をついていて、そんな母親の姿を見たら勝手に涙が溢れてくる。

「ッ……」

空間の歪みに手を伸ばしても手が届かない。

次に映し出されたのはお父さんの姿だ。

お父さんも少しやつれているが、しっかりと仕事をしている。会社の役員と何か話をしているのが見える。

次に幼馴染の武文が映し出される。

どこかに向かっているようで、通りを歩いていた。

すると武文はふとこちらを見上げて、一瞬目が合ったような気がした。ただ空を見ただけだろうけど、本当に目が合ったような気分になる。

他にも二人の友人が、いつも通り秋葉原でフィギュアを買っている姿が映し出された。

「……メシュフィム様、ありがとうございます」

大好きな人達の顔が見られて気分が良くなる。

早く帰って皆に直接会いたい。

どうにかして帰る手段を探さなきゃ。

そう決意したところで、ふと思い出す。

「そうだ、会わせたい方がいるって聞いて来たのですが」

『そうだったそうだった!!　今呼ぶね!!』

メシュフィムの隣に光が集まってきたかと思うと、その光は人のような形になっていく。

そして、白い鬣が見事な、獅子獣人の巨人が現れる。

メシュフィムとは違うオーラがあり、重圧と威厳に満ちている。

『我は闘争と勝利を司るタウタリオン。メシュフィムの使徒リョーマよ、お主に獣人の守護者の称号を授ける』

「獣人の守護者……ですか？」

『そうだ。獣人の守護者となれば、獣人は直感でお主が味方だと感じる。さらに、お主が獣人を守り続ける限り、俊敏と力が向上すると共に、獣の直感というスキルを得ることになるのだ』

「おぉ……」

かなり破格な力だ。というか、称号があることも初めて知った。

『ではリョーマよ、我が眷属達をよろしく頼む』

タウタリオンはそう言って消えた。

それを見て、メシュフィムは満足げに頷く。

『それじゃあ、君の精神をそっちの世界に戻すよ～！　玲真君のレベルと神性じゃ、こっちにいられるのも限界だからね。もっとレベルと神性が上がればこっちにいられるから、頑張ってね！　今度はもっとお話ししようね～！』

メシュフィムはひらひらと手を振る。

「はい‼　それでは失礼します‼」

意識が下に引っ張られるような感覚と共に、視界が暗転する。

目を開けると大聖堂に戻っていた。

スレイル達は神像の前で、ミルヒエロ司教に説明を受けている。

どうせならと俺も合流し、皇やヴィジュファー達ほかの使徒の神様だったり、タウタリオンの神像だったりを見てみた。

それぞれ威厳がある姿でとてもかっこいい。

可愛らしいいたずらっ子少年神のメシュフィムとは大違いだな……

大聖堂の案内が終わった後は、応接室に行き歓待を受けた。

豪勢で美味しい昼食をいただいて、皆大満足だ。

「歓迎していただきありがとうございます。また今度来ますので、その時はお忍びということでお願いします」

「はい!! お待ちしております!!」

大聖堂前に馬車を移動させ、大勢の聖職者達に見送られながらそれに乗り込み家に帰る。

「楽しかった？」

スレイルとミアに聞く。

「うん!! すごく楽しかったよ!! 神様の像もかっこよかった!!」

「凄くて……びっくりしました」

スレイルはあの神様がかっこよかったとか楽しそうに語り、ミアは一生懸命相槌(あいづち)を打つ。

そんな二人の様子に、ルシルフィアは微笑んでいる。

家に到着すると、サンヴァトレが出迎えてくれる。

「おかえりなさいませ。タオルク様達がお戻りになられています。各自、自室でお休みになられてますが、いかがなさいますか？」

「わかった、報告ありがとう。皆が起きたら教えてくれるかな」

「かしこまりました」

「僕達遊んでくるね～!!」

スレイルとミアはバタバタと遊戯室に走っていった。

俺とルシルフィアは書斎に向かう。

『リョーマ様、メシュフィム様とはどんなお話をされたのですか？』

「今回、俺が獣人と関係を持ったことで、闘争と勝利の神様タウタリオン様に会わせてもらったよ。

それで獣人の守護者って称号を貰ったんだよ」

『称号ですか!!　凄いですリョーマ様』

興奮した様子のルシルフィアに聞けば、称号は神様が認めてくれた時のみ与えられるもので、かなり稀(まれ)なことだと教えてくれた。

「獣人の守護者は俊敏と力が向上するみたい」

スマホを出してステータスを確認してみる。

リョウマ　男　15歳（0年）　デミゴッド
レベル1619
魔力　：9419573　持久力：1064933　筋力　：1572900
俊敏　：1609333　器用　：1099211　幸運　：107
神性　：25
ゲームマスター

称号：獣人の守護者

【スキル】

剣術Lv10　水魔法Lv125　浄化魔法Lv60　神聖魔法Lv132　火魔法Lv92　風魔法Lv101　土魔法Lv85

魔力念動Lv59　氷雪魔法Lv143　雷電魔法Lv162　聖樹魔法Lv1　影魔法Lv1

解体Lv8　飛行Lv67　隠密Lv52　テイムLv50　治癒（ちゆ）Lv40　魔力回復Lv283　魔力増大Lv7

豊穣の恵みLv――　獣の直感Lv――

言われていた通り、筋力と俊敏がかなり上がっている。

スキル獣の直感も習得できているが、レベルが表示されていないということは、特殊なスキルということなのだろうか。

というか、他の使徒達も称号を持ってるのか気になる……

ステータスを確認したからスマホを仕舞う。ルシルフィアはソファーに座って寛いでいる。

「少し肌寒くなってきたね」

『もうすぐ冬が来ますね』

「そんな季節かぁ」

窓の外を眺める。

本格的な冬が訪れる前に、ノルスを壊滅させたいな。

第7話　ノルス解散

しばらくルシルフィアと話していた俺は、サンヴァトレからタオルク達が起きたと聞かされ、書斎を出た。

「皆、元気そうだね」

談話室に入り、寛いでいるタオルク達に声をかける。

「おぉ!!　リョーマもな!!」

ロマがソファーから立ち上がり、俺のもとに来た。

それに続いてフェルメとルインも笑顔で寄ってくる。

タオルクはソファーに座ったまま、グラスに注がれたワインを飲んでいる。

「帰ってくるのが遅かったけど、ダンジョンで何かあった？」

「まぁな!!　ちょっとダンジョンの罠(わな)にはまって、帰還が手こずった!!」

ロマの説明によると、どうやら転移の罠にかかり、階層の奥に移動させられたという。

広大な階層で、マッピングができていないエリアを彷徨(さまよ)い、しばらくしてベテランの冒険者と遭遇して帰ってこられたんだそうだ。

「まじで焦ったッスよ！　食料もギリギリで、マインスさん達に出会えなかったらって考えるとゾッとするッス……」

マインスというのが、助けてくれた冒険者なのだろう。

「でも、転移した先に面白い物がありました!!」

フェルメがアイテムバッグから、可愛らしい小さな人形を取り出す。

「その人形？　それが転移した先にあったの？」

「はい!!」

皆でソファーに座り、俺は人形を手にしてみる。

大きさはだいたい八十センチ前後。女の子の姿の人形だ。しっかりした重みがあり、なんだか温かいような感じがする。

これはただの人形じゃないと、直感が告げる。

「う～ん、ただの人形って感じはしないんだけど、よくわからないなぁ」

人形はフェルメに返し、スマホを取り出してお菓子やジュースを取り出してテーブルいっぱいに並べる。

ロマ達は久しぶりのお菓子とジュースに夢中な様子だ。

そんな中、俺はコーヒーを淹れてタオルクに手渡す。

「皆の面倒を見てくれてありがとね」

「おう。そういえばあいつらのギルドランク、15まで上がったからもう中級冒険者だぞ」

「おぉ!!　凄いじゃん!!　お祝いしないとね。今晩はご馳走にしよう」

「「やったー!!」」

妖精達が作った極上の料理をご馳走しようと考えてそう言うと、三人は大喜びだ。

「そういえばリョーマ様は、今は何をしているのですか?」

「今はアルガレストでちょっとね」

そうなった経緯や、やっていることを皆に話す。

飢えた子供達の話にはフェルメが涙ぐみ、麻薬を売りさばくノルスの話にはロマとルインが憤っていた。

「俺達も手伝わせてくれ!!」

ロマは真剣な眼差しを俺に向け、フェルメとルインも頷く。

「俺も手伝うぜ。オイグスに拾われるまでは俺もそういう生活をしていたしな」

珍しくタオルクも乗り気だ。

「皆ありがとう。でもノルスを片付けるまでは危険だから、それが済んだら皆の力を借りるよ。それまではスレイルとミアと遊んであげてよ」

「あー、ミアってたしか、リョーマが保護した獣人の子だよな。サンヴァトレさんに聞いたよ」

タオルクがそう言うと、ロマ達も頷く。

「まかせとけ!!」

「ミアちゃん、すっごく可愛いんですよね!! たくさんお話ししたいです~!!」

「遊戯室にたくさんおもろそうなのあったッスね!! スレイル君に遊び方教えてもらうッス~」

四人とも獣人に対して全く差別意識がないので、問題はないだろう。

まぁ、ミアは人間に対して恐れがあるようで、しばらくはスレイルの背中に隠れてるだろうけど……なんとかなるかな。

顔合わせは夕飯の時でいいかな。

「そうだ、タオルクはスレイルに剣術教えてあげてよ」

「あいつにか？　もう俺よりかなり強いだろ」

「まぁね。でも、ただ剣を振り回すんじゃなくて、剣技を学んだ方がいいと思うんだよね。今後、力技だけでは通用しない相手とやり合う可能性だってあるし。俺がいない時に、そういう強敵とやりあえる技術を教えてあげてほしいんだよ」

「なるほどな。まぁ俺の技術でいいなら教えてみるわ」

「ありがとう」

それから夕飯の時間になって、一同が食室に集まった。

やっぱりミアはロマ達と顔合わせをしておどおどしていたけど、そこまで警戒している感じでもないし、すぐに仲良くなるだろうな。

というわけで、妖精の箱庭のアイテムボックスから、妖精達が作った料理を出してテーブルに並べる。

「うまそうだな!!　これが妖精の料理か？」

ロマは目の前の料理を凝視しながら、生唾を飲み込んで俺に尋ねる。

「そうだよ。すごく美味しいんだよ。それじゃあ食べようか」

ほとんどが野菜の料理だが、どれも繊細で風味豊か。彩りも美しく、目で見て、香りで、味覚で驚きながら存分に味わう。

食後のデザートもあり、全員大満足だった。


翌日、捕らえた売人から情報を引き出せてないか聞くために、俺はルオッソのアジトに向かう。

アジトに到着すると、構成員の獣人達に歓迎された。

これまで顔を合わせていない者もいるが、ガオルフが周知してくれたのだろう。

それと、獣人の守護者の称号のおかげだろうか、かなり好意的に受け入れられている感じもする。

「ようこそ、リョーマ様」

幹部の一人である兎獣人の男ウサリオが俺に頭を下げる。

外見は壮齢のイケオジ風だが、鋭い気配を感じる。落ち着いた雰囲気と佇まいで、全く隙がない。

「ボスのところに案内いたします」

「ありがとうございます」

建物の中に入り、奥にある立派な扉の前に立つ。

「ボス、リョーマ様をお連れしました」

「ああ」

内側から扉が開かれると、奥の机で書類を見ているガオルフの姿があった。

扉を開けたのは若い猫獣人の男。彼はガオルフの付き人なのだろう。

「ようこそリョーマ様。どうぞお掛けください」

応接用のソファーに座ると、猫獣人が飲み物を用意してテーブルに置く。

ガオルフは見ていた書類を机に置き、椅子から立ち上がって俺の向かいのソファーに座った。

「この前の捕らえた売人から情報は出ましたか？」

「はい、しっかり吐かせてます」

他の隠れ家の場所や、麻薬を売人に運び売上を受け取りに来る幹部候補について情報を得たそうだ。そして肝心のアジトの場所についてだが……

「ただ、どうやら売人連中はノルスの正式な構成員じゃないようで、アジトの場所は知らされてないみたいです。麻薬の製造はアジトで行い、幹部候補が売人どものもとに運んで、売人が売りさばく。その売上も、幹部候補がアジトに運んでるようです。徹底的に隠されてますね」

「なるほど……では、次は麻薬と売上を運んでるっていう幹部候補を捕まえないといけないですね」

どうやらノルスは、かなり用心深いようだ。

「はい。ですが既に、うちの者が奴らの隠れ家を監視してます。売上の回収をしに来たタイミングで攫う計画です」

「わかりました。マニスはどうしてるんですか？」

「まだ生かして地下の牢屋に鎖で繋いでます。幹部候補の顔を知ってるのは売人リーダーのマニスしかいませんので。他の連中については既に始末しました」

ことをなげに始末したと話すガオルフに、俺は肝を冷やす。

彼らはそういう世界に生きているんだ。

ノルスを潰すにあたって、ノルスの誰かを殺めることになるかもしれないとは頭の片隅で考えてはいたが、実際に始末したと聞かされて強い衝撃を受けた。

どこか遠い世界のことだと考え、実感があまりなかった。

「どうかしましたか？」

ガオルフは俺の動揺を感じ取ったのか、じっと見てくる。

俺はこんなことで動揺していてはいけないと、自分に言い聞かせる。

覚悟を決めろ。獣人達のこれからの未来のために、害となるものは排除すると考えたんだ。

ノルスは確実に消す。アルガレストから麻薬を根絶させるんだ。

「大丈夫です。ノルスを壊滅させた後の話なのですが、モラリオとシーナスは俺の計画に賛同してくれるでしょうか？」

裏ギルドであるモラリオ、娼館を取り仕切るシーナスという、アルガレストで大きな勢力を持つ二つの組織の名前を出すと、ガオルフは少し眉をひそめた。

「モラリオの蛇野郎はともかく、シーナスの女狐はわかりませんね……狡猾で他人を化かし欺くのを生きがいにしてる奴なので、めんどくさいのは間違いないです」

「なるほど……確かにそれは、めんどくさそうですね……」

俺は苦笑いを浮かべる。

「あの……モラリオとシーナスのトップを呼ぶことってできますか？　今後について話し合いたいので」

「すぐには無理ですが、お時間をいただければ。リョーマ様が我々三人を招くという形だと呼び出しやすいのですが、よろしいでしょうか？」

まぁ、ガオルフが同格の二人を呼ぶよりも、半神（デミゴッド）である俺の名前を出した方がスムーズか。

「はい。それで構いません。ノルスに悟られないように、それぞれ同行者は二人までの極秘でお願いします」

「かしこまりました」

「場所は俺が用意するので、他の方々の日程などの調整はお任せしていいですか？」

「お任せください」

力強く、ガオルフは頷いてくれる。

話は終わったので、場所の選定を進めるためにも帰ることにする。

帰る前にガオルフ達にお酒をあげると、とても喜んでいた。

家に帰った俺は、ルシルフィアと話し、一緒に場所の選定をする。

そして、数日して日程が決まった。


会合当日。

俺は今回の話し合いの会場となる、アルガレストにほど近いレストランに先に入っていた。

レストランは貸し切りにし、大きめの円卓を用意した。この円卓は俺のインベントリに入っていた物で、元々置いてあった机はインベントリにしまってある。

同行者は翼を隠して人間になりきっているルシルフィアと、いざという時頼りになるタオルク。

俺達が入店してほどなくすると、ガオルフが若頭のメレオ、幹部のウサリオを連れて、レストランに入ってきた。

ガオルフは俺の右側の空いてる方に座り、メレオとウサリオはガオルフの後ろに立って待機する。

「こんにちはガオルフさん。今日は来てくれてありがとうございます」

「とんでもございません。モラリオとシーナスもすぐに来ると思います」

ガオルフと雑談をしていると、レストランのドアが開く。

入ってきたのは狐獣人の女性だ。

妖艶(ようえん)な雰囲気で色気が凄まじい。赤いドレスに豊満な胸が強調されていて、狐色の尻尾がゆらゆらと揺れる。

彼女の背後には、同じ狐獣人の女性が二人いる。

「はじめまして、使徒リョーマ様。お会いできてとても光栄にございます。わたくしはオンネと申します。よろしくお願いします」

オンネは目を細めてニコリと笑い、跪いて頭を下げる。同行者の二人も同様に跪いた。

「あ、頭を上げてください!! よろしくお願いしますオンネさん。今回は来てくれてありがとうございます」

「当然でございます。使徒様にお招きいただきながら、来ないという選択肢はございません。この話をいただいた時はまさに青天の霹靂。この日が来ることを心待ちにしておりました。どんなお話ができるのか楽しみです」

オンネは俺の左の空いてる席に座る。全ての所作が優雅で美しい。

三人で話していると、正午を告げる大聖堂の鐘が聞こえると共に、レストランのドアが開いた。

全身を黒いローブで覆い隠した者が入ってくる。

その人の背後には、色黒で筋骨隆々な牛獣人の男と、鱗やギザギザの歯が目立つ、凶暴な風貌の鰐獣人がいる。

そして黒いローブの人物は、後ろの二人と共にすかさず跪いた。

「お招きいただき感謝します。私は人前に出るのが苦手でして、このような装いで申し訳ございません。モラリオのマスターをしておりますラフウスと申します」

しゃがれた声が黒ローブから聞こえる。

「使徒リョーマ様にご挨拶申し上げます。お目にかかれて至極光栄でございます」

「お立ちください、ラフウスさん!! この度は、来ていただき誠にありがとうございます。どうぞお掛けになってください」

ラフウスは最後の空いている席、俺の正面に座る。

全員が揃ったことを確認した俺は、皆の顔を見回す。

「皆さん、今回の呼びかけに応じてくださり、改めて感謝いたします。皆さんにお会いできたこと、誠に嬉しく思います。まずは皆さんとの出会いを記念して乾杯させてください」

　ワインが注がれたグラスを掲げる。

　ガオルフ、オンネ、ラフウスもそれに倣い、同じようにグラスを掲げて乾杯した。

　一息ついたところで、俺はさっそく本題を切り出す。

「今回皆さんをお招きしたのは、俺が獣人の守護者になったことを知ってもらうのと、これからのアルガレストについて話し合いたいと考えたからです」

　俺の言葉に、皆は目を見開いていた。

　ガオルフとは称号を得てからも会ってはいたが、まだ伝えていなかったからな。

「最初に、俺が獣人の守護者になった経緯を話したいと思います」

　ガオルフとの約束、そして闘争と勝利を司るタウタリオンに会って称号を賜ったことを話した。

　特に獣人が崇める神であるタウタリオンに会ったことは、ガオルフ達にとっても特別なことのようで、皆が改めてかしこまり、崇敬の念を向けてくるのが伝わった。

　これならこの後の話し合いも上手くいくだろう。

「次に、これからのアルガレストのことについて話し合いたいと思います」

「これからのアルガレストですか？　どういうことでしょうか」

　オンネは笑顔のまま、真意を探るように目を細めて俺を見る。

「はい。まず麻薬です。あれは忌むべき物であり、アルガレストに蔓延していることに危機感を覚えています」

「麻薬……ですか。ノルスが急激に勢力を広げてきたのも、麻薬によるものですね」

オンネは神妙な顔でそう言う。

「ええ。俺はまず、その麻薬をアルガレストから根絶しようと考えているんです」

「ということは、リョーマ様はノルスを潰すおつもりなのですか？」

「はい。既にルオッソに協力してもらっています」

「まぁまぁ、そうなんですね」

オンネは楽しそうに笑う。

驚いた様子もないし、最初から知っていただろうな。

「ノルスについて知っている情報があったら、提供していただけるとありがたいです。もちろん報酬はお支払いいたします」

「リョーマ様のお助けになるのでしたら、喜んで協力させていただきますよ」

「ありがとうございます、オンネさん」

「そういえば、密造酒を造ってるのもノルスでしたわね」

「あぁ、あのクソ不味いやつだな」

オンネの言葉にガオルフが答える。

「あら、不味くても住民にとっては娯楽の一つよ。もし、ノルスを潰すとなると、その密造酒造りはどうするの？」

「俺達ルオッソが引き継ぐ」

「あら、独り占めする気？　私達と共同で管理しましょう」

「ノルスを潰すのは俺達ルオッソとリョーマ様だ。リョーマ様ならまだしも、なぜシーナスと共同でやらなきゃいけないんだ」

「情報という面で協力するじゃない。私も名乗りを上げる権利はあるでしょう？」

ガオルフとオンネが睨み合う。

「それなら私もうちのメンバーをノルス潰しに貸しますので、ノルスが行っている賭博の管理をやらせてほしいです」

モラリオのラフウスが名乗りを上げる。

「それもいいわねぇ～」

「貴方は酒で十分でしょう」

「賭博も魅力的よ。魅力的なものはなんでも欲しいの」

ラフウスの呆れたような言葉に、オンネが妖しく笑みを浮かべる。

ただ、そこまで険悪な感じはないし、顔を合わせるといつもこんな調子なのだろう。

とはいえ話が纏まらないのも困るので、俺が仕切ることにする。

「それならこうしませんか？　これからアルガレストが生まれ変わるために、三つの組織で協力できないかと考えていたんです」

俺がそう声を上げると、三人がこちらに注目する。

「ガオルフさんは獣人のための商会を設立し、商人になりたい獣人を支援し取りまとめ守っていく。お金の扱いという点からも、ノルスの賭博関連を引き継いで、賭博施設を運営するんです」

俺の言葉に、ガオルフは頷く。

「オンネさんはお酒を提供するお店の経営にも携わっていますので、お酒造りを引き継ぐのがいいかと。それから、賭博施設にショークラブを併設するんです。そこでお酒やショーを提供してもらいます」

オンネは目を細め、考えるような仕草をする。

「ラフウスさんはその賭博施設やショークラブに、用心棒を派遣していただきたいです。それと、貴方がたの裏ギルドで、仕事斡旋所のようなことはできませんか？　働きたい獣人に安全な仕事を紹介し、荒事に関してはこれまで通り裏ギルドのメンバーが行っていくという形で」

ラフウスはフードのせいで表情は読めないが、感触は悪くなさそうだ。

「俺はこれらの事業を誰にも邪魔されないように後ろ盾となり、支援します」

俺がそう締めくくると、三人は頷いてくれた。

それからは、ノルスが壊滅することを前提にして、立地などの取り決めが話し合われる。

俺は酒の作り方と材料、そして各資金を提供することを約束した。

また三人とも、アルガレストを安全で住みやすい場所にしたいという俺の考えに賛同してくれた。

彼らにとってアルガレストが健全に活性化することは喜ばしいことなのだろう。

大人は仕事があり、安定した暮らしができる。子供達も、飢えることなく安全に健やかに成長できる。

　そして何より、経済が活性化すれば、獣人の立場が向上する。

　そうなればもう、人間に見下されることもなくなるという希望を見ているのだ。

　それを自分達の手で成し遂げるという強い決意を感じた。

　俺はそんな彼らと人間の間にある大きな溝を埋め、互いに寄り添える存在になればと心の中で密かに願った。

「――それでは皆さん、ノルス打倒後のアルガレストの再開発も協力をよろしくお願いします」

「「「はい」」」

　うまく話が纏まり、この後は懇親会ということで食事が始まる。

　食材や料理人は俺が手配したから、美味しい料理に全員で舌鼓を打つ。

　こうして初会合は無事に終わり、各々俺の手土産を持って帰っていく。

「ふぅ～、終わった～」

　三人を見送った後、俺は脱力して椅子に座る。

「お疲れ様です、リョーマ様」

「なんかあれだな、裏社会のトップが揃うってのは雰囲気あるな。しかし、でかいことやるなぁ」

　労ってくれるルシルフィアの隣で、感心するタオルク。

「自分でもそう思うよ。でも、獣人達のためにやると決めたから、期待を裏切らないように頑張らないと」

「お手伝いしますので、何でも言ってくださいね」

「ありがとう、ルシルフィア」

するとそこで、タオルクが尋ねてくる。

「酒の造り方を教えるって言ってたけどよ、知ってるのか？」

「俺にはこれがあるから」

スマホを取り出す。検索アプリや、この世界の全ての本にアクセスできる図書アプリを使えばわかるだろう。

「確かに、それがあればなんでもできそうだな……ったく、つくづくチートだな」

タオルクはそうため息をつく。

「さぁ、片付けて俺達も帰ろう」

円卓をインベントリに入れて、ルシルフィアとタオルクに手伝ってもらい、元あったテーブルや椅子を戻していく。

俺とルオッソがノルスを潰すことをシーナスとモラリオは理解し同意してくれたし、オンネからノルスについていろいろと情報を貰えた。

獣人の守護者という立場と今後の展望についても話すことはできたし、会合を開いて本当に良かったと思う。

会合を終えてから、約二週間が経った。

オンネの情報もあり、ルオッソは次々にノルスのアジトを暴き、襲撃を繰り返していた。

一方のノルスもやられているばかりではなく、ルオッソへの報復を開始。

日々、争いは激しくなってきている。

そんな中、俺はゴミ拾いをお願いしている子供達がいる小屋に、ルシルフィアとロマ、ルイン、フェルメを連れて転移した。

スレイルはミアと一緒にお留守番だ。

タオルクは一応、スレイルとミアのおもりということで家に残って漫画を読んでだらけている。

「お、来たな！」

狼獣人の少年が、待ちわびたように尻尾を揺らして俺のところに来る。

「ん？　そいつらは……」

しかしすぐに、俺の背後にいるロマ達に気が付き、俺の後ろに隠れて唸り声を上げ始めた。

「落ち着いて、ルフト。この人達は俺の仲間だよ」

狼獣人の少年――ルフトの頭を撫でて落ち着かせる。

このルフトという名前だが、実は俺が付けてあげたものだ。

幼少の頃に両親に捨てられ、名前も付けてもらえなかった彼は、ずっと名無しで生きてきた。

それでも問題なく暮らしてきていたようだが、これからアルガレストが生まれ変わるにあたって不便だろうということで、付けてあげたわけである。

ルフトはそれがすごく嬉しかったようで、俺を親のように慕（した）ってくれている。

「はじめましてルフトくん。私はフェルメといいます。よろしくね」

腰を落とし、俺の後ろに隠れるルフトに目線を合わせて、微笑みながら自己紹介するフェルメ。

「俺はロマだ！　よろしくな！」

「ルインッス！」

ロマとルインも気にした様子もなく、気さくに挨拶をする。

「はじめまして。私はルシルフィアと申します」

最後にルシルフィアが微笑み名乗る。

ルフトは一瞬ビクッとして、俺のローブに顔を埋める。どうやら照れているみたいだ。

その姿がなんだか愛らしくて、また頭を撫でた。

「もう皆集まってるかな？」

「お、おう！　早く行こう！」

俺の手を取って連れて行こうとするルフト。引っ張られながら小屋を出て、待っている子供達のもとへ行く。

その間もルフトは、ルシルフィアを意識しているのか頬を染めてチラチラと彼女を見ていた。


少し行ったところにゴミ山があり、大勢の子供達が集まっていた。

そしてその子供達に混じって、大人も何人かいた。

集まる子供達が増えるにつれて注目を集めるようになり、少し前から大人達もゴミ拾いに参加するようになったのだ。

実は今回ロマ達も連れてきたのは、この人数の増加が理由だった。

というのも、人数が増えすぎて、俺一人では報酬を渡すのが大変になってきたのだ。

「お兄ちゃん!!」

クーハが俺の姿を見て駆け寄ってくる。

一ヶ月も経たないうちにすっかり体つきが良くなり、顔色も健康的だ。幼い子供達の面倒をよく見る優しいお兄ちゃんをやっている。

ちなみにルフトもクーハと一緒に行動するようになり、兄貴的存在になっていて、クーハ同様多くの子供達に慕われている。

「皆、たくさんゴミを集めてくれてありがとう。どんどん街が綺麗になって、すごく嬉しいよ!!」

ここに来るまでに通った路地に落ちているゴミはかなり減っていて、悪臭も軽減されていた。

少しずつ綺麗になってきたのが目に見えていて、なんだか心地好い。

それは獣人達も同じようで、皆の表情は晴れやかだった。

「報酬を支払う前に、皆に俺の仲間を紹介したい!!」

そう前置きして、ロマ達やルシルフィアを紹介する。

人間だから感情が追いつかず憎しみを向ける人も何人かいるが、おおむね受け入れてくれた。

「この四人は報酬の受け渡しを手伝ってくれる人だから、仲良くしてほしい！　……それじゃあ報酬の受け渡しを始めるから、喧嘩しないように順番に並んでね！　幼い子供から優先だよ！」

俺が大声で告げると、獣人達は素直に従い、スムーズに列が形成される。

今日からは五列になるので、受け渡しはかなりスムーズになるはずだ。

人数が増えてこうして並んでもらうようになってから、最初の頃は順番無視とか喧嘩とかもあったが、一度ちょっと怒ったら素直に言うことを聞くようになった。

今では、ゴミ拾いに新しく加わった人が問題を起こした時には、俺が怒る前に他の獣人がとっちめて、順番を守るように教えられるようになっていた。

幼い子達は俺やロマ達、ルシルフィアの前など均等に並んで、報酬であるお金とご飯、少しのお菓子を受け取っていく。

次に少年少女達の番になると、少しだけ列に偏りが出てくる。

ルシルフィアやフェルメのところに男の子が目立ち、ロマやルインのところにも女の子が少し多く並んでいる。もちろん、俺のところの列が一番長いのだが……

さらに大人組になると、それが顕著になった。男達は鼻の下を伸ばしてルシルフィアやフェルメのところに並ぶ。俺やロマ、ルインのところはほぼ女性だけだ。

鼻の下を伸ばす男達を、獣人の女性達が睨みつける。ただ、ロマやルインに熱烈な視線を送る女性も何人かいた。

いつもに比べて短時間で全員に報酬を渡し終わると、獣人達はホクホクと笑みを浮かべて散り散りに去っていく。

「よし、終わった～。皆、手伝ってくれてありがとね。人数が多くなってきたから、俺一人じゃそろそろきつくなってたんだよね」

「リョーマ様のお役に立てて良かったです!!」

「明日も任せてくれよな!!」

「頑張るッスよ!!」

フェルメやロマ、ルインも意気込む。

「うん。明日もお願いね！　それじゃあ、ゴミを片付けるからちょっと待っててね」

俺はゴミ山の前に立つとスマホを取り出して、大量のゴミをインベントリに収納する。

「よし、終わったから小屋に戻ろうか」

「「「はい!!」」」

三人は元気よく返事をし、ルシルフィアは微笑み俺の後ろをついてくる。

小屋に戻った俺達は、転移門を起動した。

「俺はこの後やることあるから、四人は先に戻ってて」

「りょーかい！」

ロマが返事をし、転移門を通り抜ける。それに続きフェルメとルインも俺の家に戻っていった。

「それではリョーマ様、お気をつけて」

「うん。皆のことお願いね」

「はい」

ルシルフィアも転移門を通っていき、小屋に残ったのは俺だけになった。

俺は転移門を閉じてスマホを仕舞い、フードを深く被ってスキル隠密を発動する。

そうして小屋を出て、ルオッソのアジトへと向かった。

アジトの周囲は連日の抗争の影響で厳戒態勢になっていて、見張りや巡回が多くいる。

俺は隠密を解除してフードを脱ぎ、アジトの入り口に近付く。

「あ、リョーマ様、おはようございます‼　どうぞ中へ‼」

アジトの中も空気がピリついており、凄まじい緊張感だ。

俺はまっすぐに、ガオルフの部屋へ向かった。

「ガオルフさん、こんにちは」

「リョーマ様、ようこそ。どうぞお掛けになってください」

俺はソファーに座り、ガオルフは俺の向かいのソファーに腰掛ける。

「状況はどうですか？」

「幹部に近い面々も潰して、順調に追い詰めてますが……降伏する意思は見せませんね。徹底的に抗うようで、日に日に襲撃が激しくなってきてます」

昨日も若い構成員が襲われて一人死んだと、悲しげに話すガオルフ。

しかも被害はルオッソとノルスだけに留まらず、一般獣人にまで及び始めているそうだ。

「それは本当ですか？」

「はい。幸いにして一般人に死人は出ていませんが……保護も兼ねて、アジトで治療(ちりょう)を行っています」

「わかりました。まずはその人達を治療しましょう」

俺はガオルフに案内してもらい、怪我人がいる部屋に向かう。

そこは大部屋で、何度か顔を見たことのあるルオッソの構成員や、少し離れたところに一般人らしき人々が数人いた。

俺が神聖魔法で全員の怪我を完治させると、怪我が治った獣人は感謝の言葉を口にする。

俺はそれに、無理やり笑顔を作り応えるしかなかった。

一般人の彼らは、本来であれば、怪我をすることはなかったはずなのだ。

彼らを巻き込んでしまった負い目に押し潰されそうになる。

「リョーマ様、私の部屋に戻りましょう」

「……」

無言で応え、ガオルフと共にその場を後にしてボスの部屋に戻った。

俺はソファーに背をもたれ、天井を見て深く息を吐く。

つくづく自分の見通しの甘さが嫌になる。

俺はどうにか気持ちを切り替えると、ガオルフに尋ねる。

「……ノルスのアジトの場所は?」

「まだ判明しておりません。奴らも必死に抵抗して、これ以上情報を漏らさないように徹底しているようです」

まずいな、これ以上被害が拡大しないように、一刻も早く奴らを壊滅しなきゃいけないのに。

使徒として自分に何かできることはないか考えるが、焦りのせいかうまく思いつかない。

たとえば、現状では俺は裏方に徹しているが、表立って動き始めるのはどうか？

……いや、それはまずいだろう。

勝ち目がないと見たノルスが完全に雲隠れ、もしくはこのアルガレストから撤退してしまったら、ノリシカ・ファミルに繋がる手がかりがなくなってしまう恐れがある。

ノルスの首脳陣を必ず捕らえ、どうやって麻薬を手に入れたのか吐かせなければならないのだ。

だから、この抗争に俺が関わっていることは極力隠して、アジトの場所を突き止めなければならない。

何もできないことに、申し訳なさでいっぱいになる。

頑張ってくれてるルオッソの皆の英気を養うために、スマホを取り出しインベントリから酒やら肉やらをたくさん出した。

「ガオルフさん。これを皆に出してください。こんなことしかできなくて本当にすみません……ノルスのアジトを見つけたら、その時は俺が全力を出しますので、引き続きよろしくお願いします」

「ありがとうございます、リョーマ様。皆も喜ぶと思います」

この日は英気を養うためということで、簡素ではあるが宴となった。

少なくともアジトへの襲撃は俺が警戒して防ぐので、休んでもらうことにしたのだ。

緊迫した空気も少し和らぎ、構成員達は酒に酔い、美味しい肉を頬張って笑い声を上げるのだった。

ロマ達が俺の手伝い始めるようになって五日ほど経つと、もうすっかり獣人と仲良くなっていた。

まだ敵意を抱いている者も少数いるが、大勢の獣人と仲良くなれたのは彼らの人柄のおかげだろう。

真摯（しんし）に向き合い、真剣に相手をする。

その真剣さが、相手にも伝わるのだ。

子供達なんかはロマやルインに冒険の話が聞きたいとまとわりついているし、フェルメとルシルフィアはナンパしてくる獣人の男を軽くあしらいつつ、怪我人の治療も行っている。

ロマ達の姿を見て、冒険者になりたいという子や、治癒魔法を覚えたいという子もそのうち出てくるだろう。

さて、ここはそろそろ問題なさそうだし、俺は俺でやらないといけないことを済ませに行くか。

「俺はちょっと離れるから、皆は自由に過ごしてて」

「「「はーい!!」」」

「リョーマ様、お供いたします」

ルシルフィアは俺の後をついてくる。

ロマ達は獣人と仲良くなって、危害が加えられることもないだろうから、ルシルフィアがいなくても大丈夫だろう。

それにもう中級冒険者なのだ、ちょっとしたトラブルなら解決できるはず。

というわけで路地の方に行こうとしたのだが……この場所ではルシルフィアの美貌は目立ちすぎるから、用意したローブを着てもらう。

準備を整えたところで、俺達は路地裏の奥へと進んだ。

「どちらに向かわれるのですか？」

「麻薬中毒患者の治療だよ。売人をどんどん捕まえて、麻薬を売買できないようにしていってるんだけど、それだけじゃ解決にはならないからね。既に中毒になってしまった人達の治療ができないかって、ガオルフに相談されたんだよ」

「なるほど、そういうことですか」

「それで今向かってるのは、元々ノルスの縄張りだったんだけど、最近ルオッソの縄張りになったエリアだね。そういう獣人がかなり多いみたいで、麻薬を手に入れようと暴れる人もいて、手を焼いてるらしいよ」

そう説明しながら奥に進むにつれ、異様な形相でふらふらと徘徊する獣人が増えてくる。

麻薬を絶たれたことによる禁断症状だろう。苛立ちを見せギョロッと目を開き落ち着きなく売人を捜している。

路地の端で無気力に座って放心している者や、争いがあったのか全身血だらけで倒れている者もいて、異常なのは一目瞭然(いちもくりょうぜん)。

このような状況に、ルシルフィアは眉間に皺を寄せた。

「まるで悪魔の支配地のような堕落の世界です……」

「ああ、これは早急になんとかしないといけないね」

瘴気かと錯覚するほどに淀んだ空気を変えるために、一帯に浄化魔法を発動する。

吐き気を催す悪臭は消えて、空間全体が浄化された。

次に、極力魔力を抑えて神聖魔法を発動する……というのも、力を抑えないと土地が聖域化してしまうからだ。使徒であることが悟られないためには、こうするしかない。

弱められた神聖魔法を受けた獣人達は、禁断症状が和らぎ落ち着きを見せる。

麻薬によって蝕まれた体が癒やされているのだ。

「次に行こう」

「はい」

そうして路地を歩き続け、数カ所で同じことを繰り返す。

ルシルフィアは道中見かけた、飢えに苦しむ子供達に果物をあげていた。

「――さて、そろそろいい時間だから、次やったら皆のところに戻ろうか」

「かしこまりました」

最後の場所を終え、ロマ達がいる、いつもの小屋の方へ戻ったのだが……何やら様子がおかしい。

慌ただしく人々が動き回り、怪我人が多数いるようなのだ。

人混みを掻き分けて騒ぎの中心に行くと、ロマとルインが全身から血を流して倒れていた。

「ロマ!!　ルイン!!」

俺は咄嗟に駆け寄り、神聖魔法を発動して彼らの全身を癒やす。

見る見るうちに傷が塞がっていき、苦痛に歪んでいた表情が和らいでいった。

「……ッ」

ルインはすぐに意識を取り戻すが、より重傷だったロマはまだ気を失ったままだ。

「リョーマ……」

「ルイン、何があったの？」

目を覚ましたルインに、俺はそう尋ねる。

「子供達に遊びを教えていたら、急に黒ずくめの奴らに襲われたッス……俺達、子供達を守るために戦ったッスけど……そいつら強くて……それで……フェルメが連れ去られたッス……ロマは必死に取り戻そうとして……」

言われてみればフェルメがいない。

大切な友達を傷つけられ、連れ去られたことに一気に頭に血がのぼる。

俺の顔はよほど怒りに満ちていたのだろう、ルインは怯え、縮こまる。

しかし怒りのあまり、魔力のコントロールができなくなりそうだ。現に今も、濃密な魔力が体から漏れているのがわかった。

「リョーマ様、落ち着いてください」

ルシルフィアが俺に覆いかぶさり、神聖な魔力で俺を包み込んでくれた。

爆発しそうになった激情が落ち着いていく。

「……ありがとう、ルシルフィア。ルインと皆も、怖がらせてごめんね」

苦笑いを浮かべ、声を穏やかにして謝る。

ルインはぶんぶんと頷き、子供達は不安そうに俺を見つめていた。

「すぐにフェルメを助けてあげないと」

「でも、どこにいるかわからないッス……」

「大丈夫。居場所はすぐわかるよ」

俺はスマホを取り出してマップを開いた。

ロマ、フェルメ、ルインの居場所はわかるようになっているから、彼らのアイコンの位置を探す。

ロマとルインは俺のすぐ側に。フェルメは……

「――見つけた」

ここから結構離れたところに、フェルメのアイコンがあった。

どうやら建物のようだが……今まさにどんな扱いを受けているのかわからないから、すぐにでも助けに行かないといけない。

「ルシルフィアはここに残って皆をお願い」

「いいえ、私はリョーマ様についていきます。この場にはタオルクさんを呼びましょう」

「……わかった」

ルシルフィアが残ってくれたら安心できるのだが、ついてくるというのならしょうがない。

無理やり言うことを聞かせるのも嫌だし、タオルクを呼ぶことにする。

一旦路地裏に隠れて転移門を起動し、家に戻ってタオルクを呼ぶ。

「タオルク、とスレイルとミアも一緒か」

「うん!!」

「どうしたんだ？」

俺はアルガレストで起きたことを話す。

「だからタオルクには、ロマとルイン、子供達を任せたい。俺がフェルメを救出に行っている間、またいつ襲撃されるかわからないから守ってほしい」

「あー、なるほどな。わかった」

タオルクが頷く横で、スレイルが声を上げる。

「僕も行く!!」

「いや、スレイルはミアと一緒にお留守番してほしいな。タオルクとスレイルがこっちに来ちゃうとミアが一人になって寂しいと思うよ」

「それならミアも連れて行く!!　僕とタオルクお兄ちゃんが皆を守るからいいでしょ……？　僕もお手伝いしたい……」

そう言って肩を落とすスレイル。

スレイルは遊んでくれるロマとフェルメ、ルインを慕っているから、心配なのだろう。

それに、俺はここのところ忙しくて構ってあげられなかったし、寂しい思いをさせてしまってるだろうから な……

「わかった。スレイルが一緒ならもっと心強いよ。ありがとうね」

頭を撫でてあげるとスレイルは元気になり、俺を見上げて笑顔になる。

「ミアも来てくれる？　それともお留守番する？」

「ミ、ミアも……行く……スレイルお兄ちゃん……手伝う……」

スレイルの服の裾を掴んで言う。

「わかった。スレイルから絶対に離れちゃだめだよ」

こくこくと頷くミア。

転移門を起動し、全員で小屋に移動する。

そこから皆がいるところに向かい、すぐに合流する。

「それじゃあ皆、お願いね。行こうルシルフィア」

俺はスレイル達にそう言い残すと、スキルの隠密を発動。

そしてルシルフィアと共に、飛翔してフェルメのいるところへまっすぐに向かうのだった。


数分もしないうちに、マップ上でフェルメがいる場所の上空に到着した。

すぐ真下には、アルガレストには似つかわしくない大きな建物がある。

フェルメの気配をそこから感じるから、間違いない。

迅速に行動するために、気配を消したまま建物の中に侵入する。中は堅気(かたぎ)じゃないような雰囲気の獣人がいて、さらに異質な気配も感じる。

『フェルメさんは地下にいるようです』

ルシルフィアが念話で教えてくれたので、俺はコクリと頷く。

すぐに地下に向かう階段を見つけ下りると、そこにはいくつもの扉があり、一番奥の扉にフェルメの気配を感じた。

廊下を一気に駆け抜け、扉を蹴破る。

「ッ!!」

暗い部屋の中にあったのは、痛ましいフェルメの姿だった。

下着姿で椅子に縛られ、気絶している。全身はずぶ濡れで、頬は赤く腫れ、口の端からは血が流れていた。さらには爪が何枚も剥がされているようだ。

明らかに拷問されたその姿に感情が抑えられず、抑えていた魔力が爆発した。

『リョーマ様!! 落ち着いてください!!』

大天使の姿になり、全力で俺を落ち着かせようとするルシルフィア。

自身の魔力で、俺の莫大な魔力を必死に抑え込む。

『リョーマ様!! まずはフェルメさんを助けましょう!!』

彼女の必死の叫びで、俺はようやく我に返る。

魔力を落ち着かせ、神聖魔法でフェルメを治療した。

頬の腫れと剥がされた爪が一瞬にして癒やされ再生する。

椅子に縛り付けるロープを造作もなく引きちぎり、インベントリから昔使っていた冒険者のローブを取り出して、フェルメにかけてあげた。

ルシルフィアは気絶したままの彼女を、お姫様だっこで抱え上げる。

「ルシルフィア、フェルメを起こさないようにできるかな？」

「可能です。お任せください」

人間の姿になったルシルフィアが答える。

それと同時に魔法が発動し、淡い光がフェルメを包み込んだ。

「どんな衝撃もこの光が吸収します。また安眠の魔法を付与しましたので、起きることはありません」

「ありがとう、ルシルフィア。それじゃあ、上の連中を捕まえに行こう。誰一人逃さないように」

今度は冷静に、しかし怒りの感情はそのままに、魔力を放って威圧する。

拷問部屋を出て階段を上がり、一階の廊下を歩く。

その廊下には獣人もいたが、俺から放たれる威圧に気圧されたのか逃げもせず、その場に立ち尽くしてガタガタと震えていた。

俺は今にも気絶しそうになっている犬獣人の男の前に立つ。

顔面蒼白(がんめんそうはく)で、よく見れば失禁してるが、情けはかけずに威圧したまま問いかける。

「お前達のボスはどこにいる」

「あ……ぇっと……う、上に……います……」

必死の様子で答える犬獣人。

俺は彼に一瞥(いちべつ)もくれずにその場を去り、上の階に向かう階段を見つけて駆け上がった。

二階に上がると、立派な扉が奥に見える。

俺達はそこにまっすぐ向かい、扉を開けて部屋の中に入る。

そこには強面の猪獣人と、彼を守るように四、五人の獣人達がいて、部屋に入ってきた俺達を見て呆然としていた。

彼らは額から冷や汗を流し、表情も強張っている。そしてその目には、何をしても無駄だという諦めの感情が浮かんでいた。

俺は部屋にあったソファーに座り、猪獣人の目を見る。

「さて、お話しましょうか」

そう声をかけても、猪獣人はダラダラと汗を流すばかり。

俺はそれを無視して続ける。

「この女の子に見覚えがありますよね。正直にお答えください。目的はなんですか？」

俺は背後に立っているルシルフィアが抱えるフェルメに視線をやりながら、猪獣人に尋ねる。

努めて冷静に、穏やかに。

そして猪獣人がまず発した言葉は――

「い、命だけは……助けて……ください……」

命乞い(いのちご)いだった。

「そんなことが聞きたいんじゃないんです。もう一度聞きますね。目的はなんですか？」

俺の言葉に、猪獣人は答えない。

誰も身動きすら取れず、耳が痛いほどの静寂が部屋を包んでいた。

プレッシャーに晒された獣人達の、息苦しそうな呼吸だけが聞こえる。

「ぁ……その……」

言葉にならず焦り俯く猪獣人。

彼らにとって今まさに地獄の瞬間だろう。

この緊張状態に耐えられなくなったのか、比較的若い獣人が意識を失い倒れた。

そうして気絶できたらどんなに楽になるだろうか、とでも言いたげに、倒れた獣人を羨ましそうに見ている獣人達。

しかし俺は容赦せず、質問を重ねる。

「お答え、ください」

「そ、その人間達が……貧しい奴らを集めて……何やら行っていると知り、調べまして……」

ゆっくりと一生懸命喋る猪獣人。

彼の座る机には、滴る冷や汗で水溜りができていた。

「潤沢な資金と……食料があるとわかったので……奪おうと……考えました……」

「なるほど。どうして拷問したのですか？」

「し、資金と……食料の保管場所を……吐かせようと思いまして……」

「貴方達が計画したことですか？　それとも誰かから命令されたことですか？」

「……私達が考えて……行動しました……」

「それでは、貴方達はノルスと無関係ということですか？」

この質問に、ビクッと大きく体を跳ねさせて表情が強張る猪獣人。

「わかりました。それでは、隣の部屋にいる人は誰ですか？」

「……」

英雄には及ばずとも、それに近い強者の気配がしているのだ。

「実行犯は隣にいる人で間違いないですか？」

猪獣人はようやく、小さく頷いた。

次の瞬間、部屋の中の空気は一瞬にしては氷点下となった。

床から生えてきた氷の茨が獣人達を締め上げ、その口すらも塞いで声を上げさせない。

続いて俺の影がぐわっと広がり、締め上げられた獣人達を呑み込んだ。

そうしてすぐに、部屋の中は俺とルシルフィア、眠っているフェルメだけとなった。

「はぁ、別に殺したりしないから、そんなに怖がらなくていいのに」

俺にそんな度胸はないし。

俺は呟きつつソファーから立ち上がり、ルシルフィアと共に部屋を出る。

すぐ隣の部屋のドアを開けて中に入ると、ベッドの上で震える虎獣人と、椅子の上で丸まりガタガタと震える蛇獣人の男がいた。

彼らは扉の音に気付いたのか、立ち上がってこちらを見ると、そのまま蛇に睨まれた蛙のように恐怖に硬直した。

「この子を襲ったのは君達だよね？」

ジッと目を見ると、青い顔をして俯く二人。

「チャ、チャンスを……ください」

虎獣人の男がか細い声で言う。

「チャンス？　どんなチャンス？」

「償うチャンスを……」

「それを決めるのは俺じゃない」

俺が二人に向けた手の平から、激しい電流が放たれ二人を襲う。

獣人達は耐え難い痛みに襲われているにもかかわらず、声すらも出せずに体をのけ反らせる。

すぐに魔法を止めると、二人は脱力して倒れ、そのまま気絶した。

俺は再び影を動かし、二人を呑み込んだ。

それから俺達は、この建物にいる獣人達を全員魔法で気絶させ、身動き取れないようにして影の中に入れていった。

その作業を淡々とこなす俺を、ルシルフィアはフェルメを抱えたまま、ただじっと見つめていた。

「……帰ろう」

「はい、リョーマ様」

全ての処理を終わらせた俺は、建物を後にしてスレイル達がいる場所に戻る。

するとどうやらロマは意識を取り戻していたようで、俺の姿を見るとすぐに駆け寄ってきて、気を失っているフェルメを心配する。

「フェルメは!? 大丈夫なのか!?」

「大丈夫だよ。詳しい話は後でしよう。今は側にいてあげて」

「あ、あぁ……ありがとうリョーマ」

気絶したフェルメをルシルフィアから受け取り、大事そうに抱きかかえるロマ。

そしてロマに少し遅れてやってきたルインが二人に付き添う。

俺はそんな彼らの背中を見つめる。

……俺は今、どんな表情をしているのだろうか。

「大丈夫？」

スレイルが心配そうに俺を見上げる。

「……大丈夫だよ。最後にこのあたりの様子を確認したら、帰ろうか」

「うん!!」

俺はスレイルの頭を撫でると、治しそこねた人がいないか最後に確認してから、転移門で屋敷へ帰った。

フェルメをベッドに寝かせてから、全員で食堂に集合する。

そこで俺はロマとルインにフェルメが拷問されていたことを正直に話した。

当然二人は激怒し、拳を強く握って血を滲ませ悔しそうに涙を流す。

「そんなことに巻き込んで本当にごめん」

深く頭を下げて謝罪する。

「……リョーマのせいじゃねぇよ。悪いのは……襲ってきた奴らだ」

「そうッス。だから頭を上げてほしいッス」

「俺と一緒にいたらまたこんなことが起きるかもしれない……だから、三人は……俺から離れた方が――」

「そんなこと言うな!!」

ロマは俺の言葉を遮(さえぎ)る。

「俺達はどんなことがあっても友達だ!! 辛そうな顔をしてる友達を見捨てるわけないだろ。俺達のためにいろいろしてくれてすげー感謝してるし……だから、そんな寂しいこと言わないでくれ」

「そうッス!! 俺はリョーマに命を助けてもらったから、その恩返しがまだできてないッスよ!! だから絶対に離れないッス!! それに、友達だからこれからも美味しい物たくさん食べさせてもらうッスよ!!」

ロマの本気の言葉も、ルインのおどけたような言葉も、たまらなく嬉しかった。

俺は思わず下を向き、肩を震わせて静かに涙を流すのだった。


フェルメは夕方頃に意識を取り戻した。

だが、拷問された記憶は残っているようで、パニックを起こしてしまった。

ロマとルインが必死になだめ、ルシルフィアも魔法で精神を落ち着かせる。

しばらくすると、フェルメは疲れてしまったのか再び眠りに落ちた。

それから俺達は、今後のことについて話し合った。

俺の神聖魔法では心の病はどうにもできないので、フェルメはしばらく静養することに。

当然、ロマはフェルメに寄り添い看病することになり、冒険者業は一旦休むと決めた。

その間、ルインは俺の手伝いをしてくれると申し出てくれた。

それらのことが決まったところで、フェルメはルシルフィアに任せて、俺はロマとルインを庭に呼び出す。

「君達を傷つけた連中は捕まえてある。直接襲ってきた実行犯に関しては、どうしたい？」

「俺は……できることなら自分の手でけりをつけたい。俺のことはどうだっていい。フェルメに……あんな思いをさせた奴が許せない」

「俺もッス」

ロマは怒りに顔を歪ませ、瞳には深い憎悪が燻(くすぶ)っていた。それはルインも同様だ。

「……わかった。でも、殺すのはなしでお願い。二人には人殺しになってほしくないから」

「あぁ……」

「わかったッス」

念のためにタオルクを呼び、俺達は首都の外に転移した。

月明かりが差し込む暗い森の中、俺は一旦影の中に潜り、虎獣人と蛇獣人を引きずり出す。

どうやら意識は戻っていたようで、俺に対して異様に怯えていた。

まぁ、目が覚めたら真っ暗な影の中にいたんだ、怯えるのも仕方ないだろう。

そんな二人を尻目に、俺はロマとルインに告げる。

「こいつらが襲撃してきてフェルメを攫った実行犯だよ」

二人の獣人を前にしてロマとルインは憤怒の形相になる。

タオルクも冷徹な目で、地面に這いつくばる獣人を見下ろしていた。

「さっきも言った通り、殺すのはなしだよ」

それだけ言い残して俺はその場から立ち去る。

俺は俺で頭を冷やしたいと思っていたから、暗い森の中を散策する。

しばらくすると、どこからか叫び声が聞こえてきた気がした。


ロマ達のもとに戻ると、獣人の二人は全身を赤紫に腫れ上がらせ、ヒューヒューと浅い呼吸をしていた。

この二人を治療することをロマとルインに了承させ、神聖魔法を発動する。

あっという間に完治し、動けるようになった虎獣人と蛇獣人が最初にしたのは——土下座だった。

ロマとルインの様子を見ると、憎しみは消えていないが、気持ちは多少晴れたのか、思っていたより表情は柔らかかった。

そんな二人に、俺は尋ねる。

「ケジメはつけた。だから、他の獣人に対して憎しみを持たないでくれよ?」

「なんだ、そんなことを考えてたのか？　他の獣人は何も悪くない、それくらいわかってるさ。悪いのは襲ってきた奴らと、フェルメを守れなかった弱い俺達だ。だからもっと強くなる」

「子供達は可愛かったし、同じ獣人だからって憎い気持ちはないッス。これからもリョーマの手伝いするッスよ!!」

「……そっか、変なこと言ってごめん」

俺は余計なことを言ったかなと頭を掻きつつ、タオルクにも謝る。

「タオルクも付き合わせてごめんね」

「あー、気にすんな。リョーマと出会う前はこんなことしょっちゅうだったから慣れてる。それに、俺はこいつらの兄貴分だからな！　最後まで面倒見てやるよ」

タオルクはロマとルインの頭をガシガシと乱暴に撫でる。

「それじゃあ帰ろうか」

虎と蛇の獣人を再び影で呑み込み、転移門を起動して家に帰るのだった。


翌日、ルシルフィアとスレイル、ルインの三人に、ゴミ拾いの人達への報酬の受け渡しをお願いし、俺は一人でルオッソのアジトに向かった。

そしてボスのガオルフと面会すると、昨日起きたことを全部話した。

とはいえ、ガオルフも異常があったこと自体は知っていたようで、話の内容は主にフェルメを奪還しにいった時のことばかりだった。

一通り話を終えたところで、自分の影に閉じ込めた連中を引き渡す。

ガオルフは俺の影魔法に驚愕し、捕まえた面々を見てさらに驚いていた。

「こいつはどこかで見たことが……」

「そうなんですか？　ノルスという言葉に反応していたので、関係者かもしれません。情報を引き出したいのですが、プロである皆さんにお任せします」

「任せてください、リョーマ様」

影に閉じ込められていた連中が地下に連れて行かれるのを見送った俺は、ルシルフィア達のもとへと戻る。

そして翌日、再びガオルフを訪れると、「あっさり情報を吐きましたよ」と言われた。

「リョーマ様、あいつらに何をしたんですか？」

「と言うと？」

「異様に怯えていましてね、拷問するまでもなかったんです。特に猪の奴は相当参っていて、俺に必死に助けを乞うほどでしたよ」

「あ～……昨日も話しましたけど、俺がキレたのがよっぽど怖かったんですかね」

「な、なるほど……」

ガオルフは俺の本気の怒りを想像したのか、額に汗を浮かべそれ以上は何も聞いてこなかった。

「それで、昨日の連中ですが――」

そう前置きしてガオルフが話してくれたところによると、あいつらはやはりノルスの関係者だったらしい。

　しかも猪獣人はノルスの幹部の一人で、他の幹部やボスについて、さらにアジトの場所も喋ったという。

「アジトの場所がわかったので、強襲しようと考えています。ノルスの連中も、幹部の一人が消えたことにいつ気が付いてもおかしくありませんし、二日で準備します」

「わかりました。あっちはどんな戦力があるかわかりませんので、俺も行きます」

「こっちとしてもそうしていただけるとありがたいです……いよいよ大詰めですね」

　ガオルフは表情を引き締めてそう言う。

「はい。あっちのボスに関しては聞きたいことがあるので生け捕りで」

「ええ、そのつもりです。幹部連中も極力殺さないように気をつけます。ですが、場合によっては」

「……わかりました」

　ついにノルスとの全面対決だ。

　人と人との争い。生死をかけた現場となる。

　今一度覚悟を決めないといけないいな。

　そして迎えた全面対決当日。

　武装したルオッソの構成員六十人に、闇ギルドを運営するモラリオから派遣された手練れが六人。

これに俺が加わりアジトの襲撃を行うことになっている。

まだ暗いうちに行動を開始し、ノルスのアジトへと向かった。

朝の鐘が鳴る前に到着し、路地裏の陰などに隠れて様子を窺う。

アジトはいくつもの小屋が連なった建物で、周囲には見張りの獣人が何人もいた。

彼らは一見、武装などはしていないのだが、その振る舞いからは警戒心が滲み出ていて、不審な者がいないか捜しているように見える。

連日襲撃を受けている現状で、しかもおそらく幹部の一人が消えているのにも気付いているだろうし、当然のことだ。

——ゴーン！

朝を告げる大聖堂の鐘が聞こえる。

そしてそれを合図に、ルオッソの構成員達はノルスのアジトに向かって駆け出した。

「何者だ！」

「ぐああああ!?」

「襲撃だあああ!!」

警戒していたノルスの連中が騒ぎ出す。

「やっちまえ!!」

「こっちは片付いた!!」

「急げ!!」

ルオッソの構成員達も声を荒らげて襲いかかり、倒していく。

騒ぎを聞きつけたノルスの連中が建物からぞろぞろと出てきて、大乱闘となり入り乱れる。

「「「——ぎゃあああああああ!?」」」

すると建物の中から絶叫が聞こえてきた。

モラリオから派遣された手練れの姿が見えないので、おそらく既に侵入し、暴れているのだろう。

怪我人は後で治療することにして、俺も建物の中に侵入する。

外観は小屋が連なった長屋のように見えたが、建物の中は立派な屋敷のような構造になっていた。

そこかしこからドアを蹴破る音や何かを叩きつけるような音が響き、怒号と叫び声が響き渡る。

見事な暴れっぷりだ。

「……」

俺は最も強い気配がする場所にまっすぐ向かう。

立派な扉の前に立ち、抑えていた力をほんの少し解放して拳を叩きつけた。

扉は粉々に吹き飛び、散乱する。

中には人影が二人。

「……下がれ、パコバ」

全身をローブで纏った人物が、四十代くらいのでっぷりと太った牛獣人の男を庇うように前に立つ。

牛獣人の男——パコバは焦りと緊張を浮かべながら、額に汗を流して素直に従う。

ローブの男を警戒していると、俺の側にモラリオから派遣された手練れのうちの一人、豹獣人の少年がフッと現れて跪く。

「リョーマ様、建物内の制圧完了しました」

そう告げて、一瞬にして姿を消した。

思っていた以上に早いな、と感心していると、リョウマという名前と俺の容姿で、思い至ることがあったのだろう。パコバは驚愕の表情を浮かべ、ローブの男からは張り詰めた緊張が伝わってくる。

「そういうことなので大人しく投降してくれませんか？」

「……断る。いかにお前が使徒だとしてもな」

やはり俺の正体には気付いていたようだ。それでも全身ローブの男は、瞬時に剣を鞘(さや)から抜いて鋒(きっさき)を俺に向ける。

俺が使徒リョウマだと知ってもなお立ち向かおうとする勇気に、少し驚く。

ローブの男は床を強く蹴って一瞬にして俺に迫り、心臓めがけて強烈な突きを放つ。

しかしその剣先は、俺の服に届く前に止まった。

いつの間にか室内に浮かんでいた無数の水玉から伸びた水の鎖が、ローブの男を縛っていたのだ。

瞬(また)く間の攻防を、パコバは理解できなかったのか呆(ほう)けている。

「……クソ……怪物め……」

「最弱だけど一応使徒だからね。君程度に傷付けられるわけにはいかない」

だいたい、ガステイル帝国では何度も死にかけてきたのだ。

あの化け物達との戦いに比べれば、こんな奴らは相手ではない。

「それじゃあ素顔を見せてもらうよ」

動けないでいる男のローブのフードを脱がす。

「……え？」

フードの下にあったのは、二十代くらいの若い男の顔だった。しかも人間だ。

てっきり獣人だと思っていたから驚いてしまった。

「……君からは後で話を聞こう」

男の横を通り過ぎ、パコバの前に立つ。

「正直に答えろ。麻薬はどうやって手に入れた？」

「リョ、リョーマ様、取引させてください!!　知ってることは何でも話します!!　いくらでも払います……だから……殺さないでください……」

その言葉に、怒りが込み上げてくる。

これまで、いったい何人の獣人達の人生を滅茶苦茶にした。何人の獣人を、子供達を麻薬に溺れさせた。

そう大声で怒鳴りつけたい衝動を、必死に抑える。

俺はパコバの襟元を掴み、百キロは余裕で超えているであろう巨体を片手で持ち上げる。

「そんなことが聞きたいんじゃない……麻薬はどこで手に入れた」

俺の気迫と首元を締め上げられたことで、顔が真っ青になるパコバ。

「そ、外からやって来た……人間の男が……作り方を教えて……くれました……」

苦しそうに掠れた声で答える。

俺が手を離すと、ドスンと床に落ちた。

「その男の名前は？」

「ゲホッゲホッ……コ、コホスと名乗っていました……」

「そいつはノリシカ・ファミルの人間だったか？」

「は、はい……麻薬を売って資金を集め、アルガレストを支配できたらノリシカ・ファミルに入れてやると言われました……あ、あと好事家に売れるからと言って、獣人の子供を何人か連れて行ったりもしてました……」

「はぁ？」

思わず変な声で聞き返してしまった。

売れるから子供を連れて行った？　ノリシカ・ファミルは人身売買を行っているのか？

悪党が行う人身売買だ、まともな奴に売られる可能性は限りなく低いだろう。

売られた先で子供達はどんなふうに過ごしているのだろうか。きっと苦しい思いをしているに違いない。

あぁ……キレてしまいそうだ。

目の前にいるパコバは、いつの間にか失禁している。

「コホス……」

無意識に呟く。

そしてその瞬間、何かに見られているような不快な視線を感じた。

その発生源は、壁際にある高価な物が飾ってある棚だ。

俺はその棚に近付くと、気持ち悪い魔力のようなものを発している、よくわからない造形の金の像を手に取った。

今もなお、覗かれているような不快感がある。

「これは？」

「そ、それは……そのコホスから貰った物です」

パコバの答えを聞いて、俺は納得した。

「覗き見とは悪趣味だな。必ず見つけ出してやるから覚悟してろよ」

金の像に語りかけ、握って砕く。

おそらくあの像には、盗聴や盗撮の魔法がかけられていたはずだ。

これで俺はノリシカ・ファミルと明確に敵対することになるだろうな。

ともあれ、聞きたいことは聞けたし、パコバにはもう用はない。後はガオルフ達に任せることにして、俺の影の中に沈めた。

続けて俺は、水の鎖に拘束されている男の前に立つ。

「君の名前は？」

「……レミオ」

素直に答えられて意外に思いつつ、俺は質問を重ねる。

「君はパコバとどういう関係なの？」

「……俺は金を貰って護衛をしてただけだ」

「あの男を見捨てて逃げようとしなかったのは？」

「……あんたから逃げられると思えなかった。それならやるだけやってみようと思った」

「……大人しく降参するとか考えなかったの？」

「……考えつかなかった」

大真面目な表情で答えるレミオ。

俺が使徒だとわかり、テンパっていたんだろうな。

「一応聞くけど、君はノリシカ・ファミルの人間じゃないんだよね？」

「……違う。俺が所属するのはルーメーン。裏社会の荒事を専門に請け負う傭兵団。ポケットに団員証が入っているから見てもらって構わない」

そうレミオが言う通り、彼のポケットには団員証が入っていた。

「……依頼人のパコバがいなくなったから、もう戦うつもりもない。解放してほしい」

うーん、まぁこれが嘘で俺を襲ってきたとしても、すぐに対処できるから問題ないだろう。

魔法を解除して拘束を解く。

「行っていいよ。団長さんによろしく伝えておいてね」

「……わかった」

解放されたレミオは窓を飛び出し、あっという間に姿が見えなくなる。やはり相当な実力者のようだ。

俺も建物を出ると、ノルスの構成員と幹部達は軒並み捕縛されて道路に転がされていた。

幸いなことにルオッソ、ノルスともに死者はいないが、怪我人や重傷者が結構いるようだ。

ひとまず全員を神聖魔法で癒やす。

その途中、俺が使徒だということを打ち明けると、ノルスの面々は驚愕の表情を浮かべ、完全に戦意喪失していた。

「さて、ノルスのボスであるパコバは俺が捕まえたから、帰ろうか」

指示に素直に従うようになった連中を連れ、俺達はルオッソのアジトへと戻るのだった。

第8話　宣言

アジトに戻ったガオルフにパコバを引き渡すと、その後は事後処理に取りかかった。

といっても、やることは事前にだいたい決まっている。

ノルスは解散し、支配していた縄張りはこの前の会合で決めた通りルオッソ、モラリオ、シーナス、そして俺で共同管理するということになった。

それから俺はすぐに元ノルスの縄張りを巡り、浄化を行うことにした。

まずは麻薬中毒となった獣人を治療していき、アルガレストから麻薬の痕跡を消していくことが重要だと考えたからだ。

といってもこの作業は、そこまで大変なものではない。

本当に大変なのはこの先。

アルガレスト全体をよりよくするために、いろいろとやることが多いのだ。

まず最初に、ガオルフ、オンネ、ラフウスが共同で、ノルスが解散したことを公表する。

アルガレストに住む獣人達は大きな衝撃を受けていた様子だったが、ここ最近の抗争のことは皆知っていたので、おおむね好意的に受け止められた。

それから、使徒である俺の出資と協力のもと、ルオッソ、シーナス、モラリオが手を取り合いアルガレストを獣人達が住みやすい場所に作り変えるという計画についても、発表が行われた。

麻薬の浄化をして回っていたため、俺が今回のノルスの件に関係があることは既に知られている。

そのおかげで大きな騒ぎになることはなく、使徒のもとでアルガレストが新しく生まれ変わるということ自体も、獣人達は反発せず、むしろ期待している様子だった。

そんなこんなでアルガレスト内でやるべきことを済ませた俺は現在、正装を着て王宮に来ていた。

これから、国王ルイロとの会談があるのだ。

今回はいつものような個人としての訪問ではなく、使徒としての立場を使った会談だから、ある程度しっかりした身なりで来ないといけない。

「リョーマ様、国王陛下の準備が整いましたのでご案内いたします」

ガイフォルに案内されて応接室に向かう。

中に入ると、国王ルイロと王太子ロディアが起立して歓迎してくれた。

「ようこそお越しくださいました、リョーマ様！　さぁ、どうぞお掛けになってください!!」

ルイロ国王は両手を広げて歓迎してくれる。

「ありがとうございます、ルイロ陛下、それにお久しぶりです、ロディア殿下」

「お久しぶりです、リョーマ様！　前回お越しいただいた時はお会いできず残念でしたが、贈り物をいただきありがとうございました。あの色鮮やかで、まるで風景をそのまま切り取ったかのような本は大変刺激を受け、楽しく見させていただきました!!　誠にありがとうございます!!」

「お喜びいただけたようで、嬉しく思います。また今度、別の本をお贈りいたしますね」

「本当ですか!!　ありがとうございます!!」

ロディアは大喜びする。

そんな彼に微笑みながら、俺は本題に入る。

「本日お伺いしましたのは、アルガレストの件についてです」

その言葉で、ルイロ国王とロディアは表情を引き締める。

「アルガレストにて麻薬が蔓延しつつあるのを確認し、それを浄化いたしました。それに伴い、密売を行っていた組織を解散させました」

麻薬と聞いて、ルイロ国王とロディアは難しい顔をする。

麻薬なんて物が自分の国で売られていたのだ、ショックなのだろう。

「我が国でそのような忌むべきことが行われていたとは……お恥ずかしいばかりです……」

ルイロ国王は頭を抱える。

「今後は協力者と共に目を光らせ、二度とそんなことが起きないようにしていこうと考えてます」

「我々がすべきことなのに、リョーマ様のお手を煩わせてしまい大変申し訳ありません。どうお詫び申し上げたらいいのやら……」

ルイロ国王に頭を下げられて、俺は慌てて手を横に振る。

「い、いえいえ!! 俺が自主的にやったことなので、どうか頭を上げてください!!」

「使徒様の寛大な御心に感謝申し上げます」

「それで、以前お話しした通り、アルガレストの再開発をこれから行おうと考えております」

「我々にできることがありましたら何でもお申し付けください！ 準備は整えておりますので」

「ありがとうございます。自分だけではどうしても難しいことがあると思いますので、その時は是非よろしくお願いします」

俺がそう言うと、ルイロ国王は嬉しそうに頷く。

そこで俺は、伝えようと思っていたもう一つのことを口に出す。

「それからもう一つ、お知らせしたいことがありまして……」

「何でしょうか？」

「つい先日、獣人の守護者という称号を、闘争と勝利を司るタウタリオン様から授かりました」

そう言うと、相当な衝撃だったのかルイロとロディアは口を大きく開けて固まった。

そしてしばらくして、ようやく動き出した二人に、事の経緯を話す。

「――っ、つまり、リョーマ様は神様に直接お会いになって、称号を賜ったと……」

「はい」

二人とも、力が抜けたようにソファーに深くもたれかかる。

俺は申し訳なく思いつつも、言葉を続けた。

「それで一つお願いがあるのですが……」

「は、はい、何なりとお申し付けください」

「俺が獣人の守護者になったことを、国内外に広く知らせたいんです。なのでルイロ陛下には、その式典の場所と機会を準備していただきたくて……」

「それでしたらお任せください、リョーマ様！　場所や日程が決まり次第、使者を送ってお知らせいたします!!」

ルイロ国王は胸を張って引き受けてくれた。

それからは歓談に移り、恒例となっている贈り物を出して、それをつまみながら和やかな時間を過ごす。

昼食を一緒にさせてもらってから、俺は家に帰るのだった。

数日後、王宮から使者としてガイフォルがうちにやってきた。

「リョーマ様、場所と日程が決まりましたのでお知らせに参りました」

「おぉ!!　ありがとうございます!!」

「場所は王宮前広場にて、国王陛下並びに神聖教会のミルヒエロ司教が臨席いたします」

このフィランデ王国の国王と、教会のトップであるミルヒエロ司教も参加してくれるというのはものすごくありがたい。

「日時ですが、五日後の正午過ぎでも大丈夫でしょうか」

「もちろんです、ありがとうございます」

「それではその日時で、国民に知らせるようにいたします。当日は、一度王宮にお越しいただいてから、準備をできればと思います」

「わかりました。国王陛下に感謝をお伝えください。本日はご足労いただきありがとうございます」

頭を下げると、ガイフォルは慌てたように声を上げた。

「あ、頭をお上げください、リョーマ様！　我々はリョーマ様のお力になれて、大変光栄に思っております。これからもできることがあったら尽力いたしますので、よろしくお願いします」

「わかりました。初めて訪れたのがこの国で本当に良かったです。自分にできることでしたら力になるので何でも言ってください」

「ありがとうございます。リョーマ様の御心に感謝申し上げます！」

その後は少しお酒を飲みながら歓談し、ガイフォルは王宮へ帰っていった。

彼を見送ってから、サンヴァトレを呼ぶ鈴を鳴らす。

「失礼いたします」

部屋に入ってきて、頭を下げるサンヴァトレ。

「ルシルフィアを呼んできてもらっていいかな」

「かしこまりました。ただちにお呼びしてまいります」

しばらくしてルシルフィアが俺の部屋に入ってくる。

「お呼びでしょうか、リョーマ様」

「うん。この前伝えた件について、場所と日程が決まったからそれを知らせたくて。あと、当日にちょっとやろうと思ってることがあって相談したいんだけど――」

「――でしたらこうするのはいかがでしょうか？」

俺とルシルフィアは二人、計画を立てるのだった。


そして五日後、準備万端で当日を迎えた。

朝食を食べた後、王宮行きの格好に着替えて馬車に乗る。

王宮へ到着してすぐにルイロ国王とミルヒエロ司教と面会し、この後の予定について軽く打ち合わせを行う。

宣言を行う時の俺の計画を話したら、ルイロ国王は驚き、ミルヒエロ司教は子供のように目を輝かせていた。

そんなこんなで打ち合わせが終わると、式典用の服に着替える。

俺が使徒であるとわかりやすいように、威厳がある姿がいいだろうということで、かなり手をかけた服装となっている。

大天使ルシルフィアの白く輝く羽根が襟元に織り込まれた白銀のコート、白いスーツと赤いワイシャツ、白い革靴だ。これらの物は、王室お抱えの仕立屋に作ってもらった。

全体的に白色が目立つが、この世界でも白は神の色として広く知られているから、神の使徒である俺に相応(ふさわ)しいということらしい。

——ゴーン、ゴーン。

正午を告げる大聖堂の鐘が鳴る。

「いよいよだな……」

俺の緊張は最高潮だ。

「行きましょう、リョーマ様」

ルイロ国王は凛々(りり)しい顔で言い、その隣のミルヒエロ司教はニコニコと微笑みながら頷いた。

俺は覚悟を決め、王宮前広場を一望できるテラスに出る。

広場は俺を一目見ようと集まった市民で埋め尽くされている。

俺を真ん中にして右にルイロ国王が、左にミルヒエロ司教が並ぶ。

「「「「ウオオオオオオオオオオ!!」」」」

民衆の歓声が空気を揺らし、響き渡る。

数万の民衆から向けられる視線、気迫に圧倒されてしまう。

何を話そうか考えてきたのに、一瞬にして頭が真っ白になった。

しかし隣に立っているルイロ国王、ミルヒエロ司教はそれを物ともせずに堂々としていた。こういったシチュエーションには慣れているのだろう。

そしてまず、ルイロ国王が口を開いた。

「今日、この場で歴史的瞬間に立ち会えること、そしてその喜びを愛する民達と分かち合えること、嬉しく思う。我が国に使徒リョーマ様が降臨なされたことは、皆も知っているだろう。隣にいられるのがその御方だ。今日、この日を持って我が国は転換を迎える。使徒リョーマ様のお言葉を、しかと拝聴(はいちょう)するのだ」

民衆はシンと静まり返り、俺の言葉を待つ。

俺は緊張を抑え込みながら、一歩前に出て口を開く。

「皆さんはじめまして。遊戯と享楽を司るメシュフィム様より祝福と恩恵を賜りました、リョウマ・サイオンジと申します」

視線を一挙に集め、言葉につまりそうになりながらも続ける。

「まず初めに、この場を設けてくださいましたルイロ国王陛下とミルヒエロ司教に感謝を申し上げます。俺は使徒となってフィランデ王国に来て、色んな人と出会い、助けられました。この国は良き君主に恵まれ、国民は穏やかで優しい。希望に満ち溢れた国だと思います。王都で過ごすうち、俺はこの国が大好きになりました。ですが、一つだけ気になることがあります」

そこで言葉を一度切って、深呼吸する。

ここから話すことは、もしかするとこの国の人たちにとっては、触れないでいたいことかもしれないからだ。

「――それは獣人の存在です。街では時折、物乞いをする貧しい人を見かけました。そしてアルガレストと呼ばれる貧民街。物乞いも貧民街の住人も、その多くが獣人です。どうして獣人達がそんな暮らしをしているのか……その原因は、彼ら獣人が、長年に亘って奴隷として扱われてきたからなのでしょう。かつて彼らは、奴隷として別の大陸から連れてこられ、働かされて、自由を奪われた。奴隷制度自体は、使徒である皇さんの働きかけで撤廃され、多くの獣人は自身の祖先が眠る大陸に帰りましたが……帰れなかった獣人達もいる。その子孫が、今もこの国に残る獣人だと聞いています」

国民達は皆、真剣な表情で俺の言葉を聞いている。

「さて、奴隷制度は撤廃されましたが、長年刷り込まれてきた、『獣人は奴隷の身分であって、人間より下なのだ』という意識は消しきれなかった。そのため残った獣人達は、人々の意識の中に残り続ける格差、差別によって苦しんできました。獣人達にとっては、苦しい時代だったことでしょう。今では奴隷解放から長い時が経ち、人間も獣人も、奴隷制度を経験していない世代ばかりです。ですが、あからさまに獣人を差別していなくても、心のどこかでそういった意識を持っている人もいるかもしれません」

その言葉に、やや顔を伏せる人達がいた。

「責めるつもりはありません。ただ、そういった人々がいる中で獣人は生きてきて、今の獣人の状況があると思うんです。飢えに苦しみ痩せ細った子供達。明日食えるかもわからない先の見えない不安と絶望を抱いた大人達――そんな彼らのことを思うと、胸が締め付けられました」

人々は押し黙り、俺の言葉に耳を傾ける。

「もし逆の立場になったらと考えてみてください。理不尽さに世を恨み、怒り、憎むでしょう。そしてその感情の矛先(ほこさき)は、その理不尽の原因に向けられ――大きな争いを生むかもしれません」

俺は集まってくれた人々の顔をゆっくりと見回す。

「ですから皆さんにお願いしたい。少しずつでいいです。彼らを受け入れてほしい。彼らを知ってほしい。そうすれば、人間と獣人は手を取り合えます。そしてその懸け橋に、獣人達の希望になりたいと、俺は思っています……そしてその思いが、神に通じたのでしょう。俺は先日、闘争と勝利を司るタウタリオン様より、獣人の守護者の称号を賜りました」

その言葉に、民衆がざわめく。

「俺、使徒リョーマは、獣人の守護者の名のもとに、ここに宣言します！　この国の皆さんと寄り添うとともに、獣人にも手を差し伸べ、二つの種族を結ぶ存在になることを!!　……皆さんにも、その力になってほしいです」

俺はそう言い切ると、軽く頭を下げた。

俺の心臓はバクバクだ。

こんな話をして民衆に受け入れてもらえるだろうか。

不安に押し潰されそうになる。

人々の表情は神妙で、きっと困惑しているに違いない。

そう思っていると、ルイロ国王とミルヒエロ司教が口を開いた。

「獣人は賤民ではない……そのことを我々はわかっているつもりで、実践できていなかった。そのためにアルガレストが生まれたという事実を受け入れなければならないだろう。我が国に住まう獣人は、我の愛する国民の一員である。使徒リョーマ様のおかげで、我はそのことに気付けたのだ。よって我、フィランデ王国第三四代国王ルイロ・フィンデル・ゴアディ・フィランデは、使徒リョーマ様の意思を支持することを表明する」

「私、ミルヒエロ・アッガーディウムも、神聖教会教皇代理として、使徒リョーマ様の意思を支持します」

二人の宣言に、民衆は静まり返り——

「「「「ウオオオオオオオオオオ!!」」」」

歓声が上がった。

多少の戸惑いはあるだろうが、受け入れてくれたようだ。

「この日を記念して、フィランデ王国に永劫の繁栄と安寧を祈ります」

俺は天真名鑑書エルズ——この世界の全ての天使の真名が載った本を取り出す。この本があれば、神性に応じたランクの天使を召喚できるという代物だ。

そして今の俺が召喚できる、最高位の天使の真名を唱える。

ちなみに真名は神の言葉だから普通の人間には聞き取れず、理解もできない。使徒である者のみが神語を発音できるのだ。

「――『降臨せよ、イーズニル』」

その俺の言葉と共に、昼間の空が、さらに明るく輝く。

そして光の中から、一対二翼の美しい女性の天使が降臨した。

その奇跡に国王、司教、警備についていた近衛隊、民衆が跪いて祈りを捧げる。

「フィランデ王国に祝福を」

天使とともに祈りを捧げ、ありったけの魔力で神聖魔法を発動する。

すると直後、神聖な光が首都全体を覆った。

光は触れた全ての人の怪我や病を癒やしていき、首都を聖域化した。

そう、俺が事前に計画していたのはこれだ。

聖域化した首都はしばらく疫病が発生せず、災害なども起こりにくくなるはずだ。

平和になれば、きっと獣人と人間の融和はスムーズにいくだろう……いや、そうなってほしいと、俺は心から祈るのだった。

宣言を行ってから数日。

街はいまだに聖域化の話題で賑わっていて、そしてそれは、行商人や旅人らによって方々に広まっているようだった。

というのも――

『いやぁ、しかしびっくりしたよ～。でも本当にありがとう！　玲真君が獣人と関係を持ってくれてすごく嬉しいよ』

そう話すのは、使徒専用の冒険者登録証から、上半身をホログラムのように浮かび上がらせた皇だった。

噂を聞きつけて、連絡してきたのだ。

「最初はなりゆきみたいなものだったんですけどね……なんだかほっとけなくて、あれよあれよと獣人の守護者になっちゃいました」

『そっかそっか。でもこれでうまくいけば、世界的に人間と獣人の関係が改善されるかもしれないからね。期待してるよ。僕はなんだかんだ忙しくてなかなか対応できなかったし、樋口さんは自分の国のことと料理の研究で手一杯みたいだし、志村さんはあんな調子だからねぇ～。本当に良かった!!』

なんだかやけに期待されていて、思わず苦笑してしまう。

「まぁ、やれるだけのことはやってみようと思います……ところで、皇さんはノリシカ・ファミルをご存知ですか？」

『もちろん知ってるよ～!!　どうかしたの？』

「そいつらが、フィランデ国王の首都の獣人達に麻薬を作らせて売りさばいてたんですよ。それに、獣人の子供を攫って人身売買してるってことも耳にしましてして……」

『……へぇ』

皇の雰囲気が変わる。

『国際的な犯罪組織ってのはわかってたんだけど、かなり情報統制されてるみたいでね。僕達でも実態はあまり掴めてなかったんだよ。僕の方でも詳しく調べてみるね』

「ありがとうございます。あの……フェネーさんは元気にしてますか？」

フェネーさんというのは、俺が以前皇の城に招待された時にお世話になった冒険者だ。実は俺の元の世界での親友の姉が転生した姿だと、メシュフィムに聞かされた。

俺がそう問いかけると、皇はニヤリとする。

『お、気になるみたいだね。安心して、元気にしてるよ〜!!』

「共有袋にお菓子とかいろいろ入れたので、渡しておいてもらえませんか？　皇さんの分も入れておきましたので」

共有袋というのは、以前皇から貰った袋型のアイテムで、こちらから入れた物をあちらでも取り出せるという代物だ。

『ありがとう！　しっかり渡しておくよ。前に貰った分がちょうど切らしてて、そろそろ欲しいなって思ってたところなんだ。すごく嬉しいよ』

大喜びしてくれる皇。フェネーも喜んでくれたらいいなと思う。

『それじゃあ僕はこの後仕事があるから、切るね。頑張ってね、玲真君！』

「はい!!　それじゃあまた」

皇との近況報告や雑談が終わり一息つく。

「フェネーさんに会いたいな………よし、頑張るか」

俺は気合いを入れ直すと、スマホを取り出す。

以前受けた神様クエストの報酬を受け取るためだ。

アルガレストに蔓延る堕落の悪薬を撲滅する
クリア報酬：神様ポイント150000
クリア報酬：アプリ調薬

アルガレストの獣人を救済する
クリア報酬：神様ポイント100000
クリア報酬：獣王の首飾り

麻薬を売りさばくノルスは潰し、アルガレスト全体を浄化したから一つ目はクリア。

獣人の守護者となって、彼らの希望となったことで二つ目のクエストもクリアだ。

スマホに新たな機能である調薬のアプリがインストールされる。

起動して見てみると、材料があれば何でも薬が作れるようだった。

そう、普通の薬から秘薬、霊薬、そして神薬と呼ばれる神にしか作れない薬まで、文字通り何でもだ。

材料は妖精の箱庭に無限にあるし、獣人達には回復薬を供給しよう。俺がいなくても傷や怪我、病気を治せるようにしないといけない。

「もう一つの報酬は……」

インベントリから獣王の首飾りを取り出す。

何かの牙と、七色に輝く石がぶら下がっている。

特別な効果はないようだ。

「これはミアにあげようかな」

ミアをアルガレストで助けてから、結構経った。

当時とは見違えるように元気になった彼女は、もうしっかりうちの子だ。

性格は大人しめだが、スレイルに本当によく懐いているし、ルシルフィアのことをお姉ちゃんと呼ぶようになり、満更でもないルシルフィアはスレイルと一緒になって甘やかしている。

ミアは笑顔が増えてきて、その愛らしさに俺もついついニコニコしてしまう。

喜んでもらえるといいなと思いつつ遊戯室に行くと、スレイルとミア、ルシルフィア、ルインの四人がボードゲームで遊んでいた。

「ミア、これあげるよ」

「すごく綺麗な首飾りだね!!」

スレイルは興味を示す。

「あ、ありがとう……リョーマお兄ちゃん……」

恥ずかしそうにもじもじしながらお礼を言うミア。

結構喜んでくれてるみたいで、さっそく首にかける。

「大事にする……ね」

ニコッと微笑むミア。この笑顔が可愛い。

「良かったね!!」

「うん……!!」

スレイルとミアは笑い合う。もうすっかり兄妹だな。

「それじゃあ、俺はこの後やることがあるから出かけてくるね」

「はーい!! お兄ちゃんいってらっしゃい!! 早く帰ってきてね!!」

「いってらっしゃいませ、リョーマ様」

「いってらっしゃいッス!!」

「いってらっしゃいです……」

遊戯室を出た俺は、出発する前にフェルメの様子を見に行くことにした。

フェルメは先日の事件から、相変わらず寝込んでしまっていた。時々は起きているが、やはり元通りとはいかない。

これぱかりは、時間が解決してくれるのを待つしかないな。

フェルメの部屋のドアをノックすると、ロマが開けて迎え入れてくれた。

「お、リョーマか。どうかしたか？」

「フェルメの様子を見に来たよ」

「そっか！　ちょうど寝てるところだ」

フェルメは魘（うな）されている様子もなく、静かな寝息を立てている。ロマが献身的に面倒を見ていたおかげだろう。

「起きたら二人で食べて」

フェルメが大好きなチョコのお菓子をインベントリから出して、ロマに渡す。

「ありがとうな、リョーマ」

「うん。それじゃあ俺はこのへんで失礼するね」

「おう。様子を見に来てくれてありがとう」

ロマに見送られてフェルメの部屋を出た俺は、一旦自室に戻り、アレクセルの魔套を着て転移門を起動する。

向かう場所はアルガレスト。子供達に報酬を渡したりしていた小屋だ。

隠密を発動して小屋を出る。

ルオッソのアジトに向かう道中、この場所の雰囲気が変わってきていることを実感する。

陰鬱とした空気は薄まっていき、すれ違う獣人達の表情も明るいものが多い。

彼らが堂々と生きられるように、俺が頑張らなきゃと改めて考えた。

ルオッソのアジトに到着し、隠密を解除して正面から入る。

「おはようございます!!」

構成員は俺が使徒だと理解しているから、勢いよく挨拶をして頭を下げて迎え入れてくれる。

すぐにボスの部屋に案内され、ガオルフと面会する。

「リョーマ様、ようこそお越しくださいました」

「忙しいところすみません。それは何の書類ですか?」

ガオルフの机には、書類がいくつも重なって置いてある。

「いえいえ、ちょうど今休憩(きゅうけい)しようと思っていたところです。この書類は、闇市の連中の商会申請書ですね。正式に自分の店が持てると喜んでましたよ。それとこっちは、このアルガレストで商売がしたいという人間の商人の書類です」

「見せてもらっていいですか?」

「構いません。どうぞ」

書類を見せてもらって、内容を精査する。

アルガレストで出店をしたいという相談の内容で、特におかしな点はない。

こうやって人間の商人が申請してくることが増えているそうだ。

なにせ今、このアルガレストは景気がいい。

清掃活動のために多くの獣人を雇っているし、区画整理のために小屋を解体する獣人も大勢集まっている。

今ある小屋を壊すという話については、一時的に住むところはなくなるが、新しくできる家に住めるという条件にしているためか、特に反発もなく、むしろ大歓迎された。

当初の計画通り、新しい施設を作るために土地も買い上げたりしているのだが、これまでかかった費用は、約三千万ビナスに及ぶ。

そのお金は、これまで妖精の野菜を売って稼いだ分と、妖精の箱庭で妖精達が作った宝飾品を三つ売って用意した。

自前の物でまかなっているので、色んな人から貰ったお宝や宝石には手を付けていない。

ともあれ、獣人達が少しずつお金を持つようになって、このアルガレストで商売をしようと考える商人が現れ始めたというわけだ。

「……特にこちら側に不利益になるような話はありませんね。ですが、それは書類を見ての判断です。実際にその人達が何を考えているのかわかりませんから、慎重に行きましょう。十分に話し合い、獣人達に必要だと思う人だけ許可するのがいいと思います。余計なことを言ってくる人がいたら、俺の名前を出して構いません」

「わかりました」

「それじゃあ、縄張りの方では、何か困ったことは起きてませんか？」

俺がそう問うと、ガオルフは難しい顔をする。

「一つご報告があります。リョーマ様が宣言を行って以降、隣の都市からこちらに来る獣人が増えまして……今後は全国から集まってくることが予想されますが、アルガレストの広さも有限です。いかがいたしましょうか」

「あー、そっか……この国だけではなく、各国から続々と来ますよね……」

「おそらくは……」

しまった、その可能性を全然考えてなかったな。

まずはアルガレストの環境を整えてから、人間との融和に動き出すというのが理想だ。だけども
し獣人が想定以上に集まって、アルガレストに収まりきらず、人間とトラブルを起こしたら……問
題になるよな。

「……わかりました。国王に相談して対応を考えます。既にアルガレストに来た獣人の方はお願い
していいですか？　何か問題が起きた時は俺に報告お願いします」

「お任せください」

「ありがとうございます。それじゃあ、次のところに行かなきゃいけないから、今日はここで失礼
します。何かありましたら何でも言ってください。力になりますので」

「ありがとうございますリョーマ様。今後ともよろしくお願いします」

頭を下げるガオルフに手を振って、俺はルオッソのアジトを後にする。

次に向かうのは、オンネが取り仕切るシーナスの縄張りだ。

シーナスの縄張りは宿屋や酒屋、娼館が多く、道端には艶（なま）めかしい獣人女性が多く立っている。

「えっと……確かこっちかな」

使徒となって性欲がかなり落ち着いたから、惑わされることはない。興味はあることはあるけど、
今はそれどころじゃないし、今後も通うことはないだろう。多分。

事前に教えてもらった建物――シーナスの本拠地でもある酒場を見つけ、中に入る。

「ようこそ桃源狐楼へ。お席へご案内しますねぇ」

一応隠密は解除しているが、フードを被ったままだから、従業員は俺の正体には気付いていないようだ。

居酒屋のような感じで、テーブル席に案内された。

「わたくし、フーミウと申します。どうぞよろしくお願いします」

フーミウと名乗る美しい狐獣人の女性は俺の隣に座り、身を寄せてくる。

「当店は上物の酒を仕入れております。お値段はしますがいかがですかぁ？」

「えっと、オンネさんに用があって来たのですが……」

そう言うと、フーミウの目つきが鋭くなる。

そしてスッと体を離し、冷たい声音で尋ねてきた。

「ボスにどんなご用でしょうか。失礼ですが、お客様のお名前をお伺いしてもいいですかぁ？」

「あまり大きな声では言えないのですが……リョウマと申します……オンネさんに、リョウマが来たと伝えていただけるととてもありがたいのですが……」

フーミウはピクピクと耳を動かし、俺を凝視する。

「……も、もしかして、使徒リョーマ様ですか？」

俺がコクンと頷くと、バッと立ち上がって深く頭を下げる。

「た、大変失礼いたしました‼　奥へご案内いたしますぅ‼」

突然大声を上げたものだから、他の狐獣人のお姉さんや、接客を受けているお客さんから注目を集めながら、奥の個室へと案内された。

「で、ではボスを呼んでまいりますので、少々お待ちくださぃ‼」

それから数分もしないうちに、オンネが個室に入ってくる。

「お待たせしました。うちの者が失礼いたしました、リョーマ様」

オンネは深く頭を下げてから俺の隣に座る。

フーミウはグラスとお酒をテーブルに置くと、そそくさと個室を出ていった。

「まずはお詫びに一杯どうぞ」

オンネは二つのグラスにお酒を注いで一つを俺に差し出す。

それを受け取り、オンネももう一つのグラスを手にして乾杯した。

「美味しいですね」

「はい。当店にある最高級品です。このお店はお忍びで貴族様も訪れるのですよ。だから、その繋がりでこうしていいお酒を仕入れられるのです。かなり割高になりますが……」

「なるほど……今回来たのはそのお酒のことについてです。この前の会合の時に、お酒の造り方を教えると約束しましたので、それを果たしに来ました」

スマホを取り出し、インベントリから出した紙束を二つテーブルに置く。

「こちらが大衆用の醸造酒(じょうぞうしゅ)の酒造方法で、こっちが賭博施設に併設するお店用の、蒸留酒(じょうりゅうしゅ)の造り方になります」

この二つは、スマホの検索機能と図書アプリで、この世界のお酒の作り方を調べて纏めたものだ。

「ありがとうございます、リョーマ様！　自分達でお酒を造れるようになるなんて、とても嬉しいですわ。人間に負けないくらいのいいお酒を造ってみせます!!」

「ええ、楽しみにしています。酒造所の建設も、もう始まっているんですよね」

「はい。それもリョーマ様のおかげです。たくさんお金を出していただいて、本当にありがとうございます！」

実はこの酒造施設のために、一千万近く出資している。

上手く行けば獣人達は美味しいお酒がお手頃な値段で飲めるようになるし、シーナスもかなり儲かり、働く女性たちを守ることもできるだろう。

「お酒造りのことは国王には話してあるので心配しないでください。造酒税に関して、人間と同じように売上の五パーセントを納めてくれれば問題ないとのことです」

「かしこまりました。何から何まで本当にありがとうございます。この恩はとても返しきれません。どうかわたくしの忠誠をお受け取りください」

「そんな大袈裟にしなくていいですよ！　でもありがとうございます。自分がやりたいようにやってるだけですので、お気持ちだけで十分ですよ。今後の獣人達の明るい未来が楽しみです」

お酒を飲みながら歓談をする。

仕事柄、多くの情報がシーナスに集まることもあって、オンネはかなりの情報通だ。

アルガレストの治安はかなり改善してきていると聞いて、嬉しくなる。

「リョーマ様、この後は是非うちの子達と遊んでいってください。必ずご満足いただけると思いますよ」

「とても魅力的ですが、この後もやることがあるので、失礼いたします。何かありましたら遠慮なく言ってください。力になりますので」

「はい!!　今後ともよろしくお願いいたします」

オンネと共に個室を出ると、狐獣人のお姉さん達が一斉に俺を見る。皆興味津々という感じだ。

後ろ髪を引かれる思いで、オンネと狐のお姉さん達に見送られて、桃源狐楼を後にした。

今度、タオルクとルインを連れてきてあげよう。ロマは……フェルメがいるから駄目か。

第9話　事件

アルガレストの再開発を始めて約二十日。

今のところ特に大きな問題は起きず、順調に進んでいる。

国王と神聖教会の支援のおかげで、獣人達の暮らしは少しずつ豊かになってきた。

子供達が飢えに苦しむ姿は減り、笑顔で走り回り、大人達は仕事ができて旺盛に働く。

他の都市から移ってくる獣人に関しても、国王や政を行う側近達と十分に話し合い、規制を行わずひとまず受け入れることになった。

その獣人達にもしっかり仕事を与え、現在は仮設小屋に住んでもらっている。

今後も獣人が流入してくる可能性は高いので、受け入れられるように集合住宅の建設を急いでいた……まぁ、古い建物をどんどん壊して整備しているので、それなりに土地に余裕があるのだ。とりあえずはそこに仮設小屋を建てておけば問題ない。

また、アルガレストに出入りする人間の商人に関しても、ガオルフ達各組織のボスと二回目の会合を行い、どう扱うか決めた。

当面はルオッソ、シーナス、モラリオの監視のもと、各区で数件受け入れて様子を見ることになったのだ。

店舗はまだできていないから露店販売になるが、品揃えに注目が集まり、多くの獣人がたくさん訪れているという。

獣人の少年少女を正規の値段で雇い、露店の手伝いをさせている商人もいるそうだ。

この調子で発展してくれれば言うことはないな。

そんなことを考えていたら、作業の手が止まっていたことに気付いた。

実は俺は数日前から、調薬アプリで万能薬――フェアリーポーションを大量生産している。

今日も部屋にこもって、その作業をしていたのだ。

このフェアリーポーションは、欠損の再生はできないが、重度の裂傷などの怪我や大抵の病気は一瞬で治ってしまう、凄い薬だ。

素材は妖精の箱庭に自生する妖精島の薬草と、浄化された水。インベントリに素材が収納されたまま直接調合できるので、俺は調薬アプリを操作するだけでいい。

これを関係各所に配っておけば、いざという時に俺がいなくても対応ができる。

とりあえず目標にしていた五百本を作ったので、今住んでいるサンアンガレアスの家には百本常備し、ファレアスとフォールトゥの家には転移で行って五十本ずつ渡した。

それと、それぞれの屋敷を管理してくれている人のために多めにお金を渡しておく。

久々に会ったけど皆元気そうで、時間ができたらそっちの方でのんびりするのもいいかもしれないなと思った。

そうだ、ルオッソ、シーナス、モラリオにもフェアリーポーションを届けるかな。

そう思って椅子から立ち上がろうとしたところ、ドアがノックされる。

「リョーマ様、サンヴァトレです」

「どうぞ」

サンヴァトレは「失礼します」と言いながら入ってくる。

「冒険者ギルドのギルド長、ベグアード様が参られました。いかがなさいますか？」

「ベグアードさんが？　わかった、行くよ」

ここのところ忙しかったから、会うのは久しぶりだ。

応接室に通してあるということで、さっそく向かう。

「お久しぶりです、ベグアードさん！」

「お久しぶりでございます、リョーマ様。お噂はかねがね伺っております。先日のお言葉も見事でした、さすがは使徒様です！　慈悲深い御心、感服いたします!!」

「あ、ありがとうございます。そう言っていただけると嬉しいです」

気恥ずかしくなって苦笑いする。

「一杯どうですか？」

照れ隠しにインベントリからウィスキーを出してみせると、ベグアードはニンマリと笑みを浮かべる。

テーブルにグラスを二つ並べ、氷雪魔法でまん丸の氷を作り入れて、酒を注ぐ。

「それじゃあ、乾杯」

「いただきます、リョーマ様……美味しいですね!!」

地球産のウィスキーの味に酔いしれるベグアード。一口飲んでは転がすように香りを楽しみながらじっくりと味わう。

「気に入っていただけたのなら、帰りに何本か渡しましょうか」

「本当ですか!?　ありがとうございます、リョーマ様!!」

それから互いの近況など歓談しながらお酒を飲み始める。

ベグアードは饒舌に、家族のことやギルドの問題児のことなど楽しそうに話す。

そして、今度はベグアードの家族も連れてきて食事会をする約束をした。

「それで、最近、万能薬をお作りになられていると耳にしたのですが」

「はい、これのことでしょうか？」

スマホからフェアリーポーションを一瓶出す。

おそらく、これが今回うちに来た目的だろう。

まだほとんど外部には出しておらず、ガイフォルやルイロ国王に軽く情報共有していた程度なのだが……さすがは首都の冒険者ギルドマスターだ。

さっきまで楽しく歓談していた雰囲気から一変して、真面目な表情になるベグアード。

「手に取って見てもよろしいでしょうか？」

「どうぞどうぞ」

さっき出したフェアリーポーションを手渡すと、ベグアードはそれをじっくりと観察する。

「試してみてもいいですか？」

「え？　まぁ……構いませんけど……」

何をどう試すのだろうと考えながら返答する。

ベグアードは自身のアイテムバッグからナイフを取り出すと、手の平を躊躇いもなく切り裂いた。

俺は彼の行動に唖然としてしまう。

ベグアードはすかさず瓶の蓋を取って、フェアリーポーションを傷口にかけた。

傷口は映像を逆再生するように、あっという間に治癒する。

「これは凄い……」

そう呟いて、瓶に半分残っているフェアリーポーションを口に含み、飲み込む。

「……清涼感ある風味でとても飲みやすいですね。それに、体がすごく軽くなって酔いも醒めました。力も漲るような感じがしますし、頭も冴えわたる。魔力も回復してますね……」

フェアリーポーションはまさにベグアードが言った通りの効果を持つ。

まさに万能な妖精の秘薬だ。

「リョーマ様、折り入ってお願いがございます……このフェアリーポーションを何本か、冒険者ギルドで買い取らせていただけないでしょうか？」

「いいですよ」

「ありがとうございます!! お値段はどれくらいでしょうか？」

「う～ん……ベグアードさんにはお世話になってますし……一本百万ビナスでどうでしょうか？」

実はポーションの効果を試していた時、ルシルフィアに一般で売る場合について相談していた。

その結果、一般人相手に売る場合は、数を絞ったうえで一本一千万ビナスにすると決めたのだ。

俺は当初は五万くらいで売ろうかと考えたのだが、ルシルフィアに『戦争を起こす気ですか』とマジトーンで怒られた。

作るのに大した手間もかかっていないし、量産もできる。だから薄利多売で皆のためになればと考えたのだが、むしろそれが問題だという。

こんな物を何も考えずに売ってしまえば、各国が確保、あるいは独占しようとして戦争になりかねないらしい。

ただ今回の相手はベグアードだ。お世話になっているので、大幅に割引することにした。

しかしベグアードはきょとんとしている。

「百万ですか……？　もっとすると思っていたのですが」

「ええ。正式に売り出す時は、数量限定で値段も一千万と考えてます。ですが、ベグアードさんになら百万でいいですよ」

「なるほど。ではリョーマ様のご厚意に甘えさせていただきますね。十本購入させてください」

あらかじめ用意していたのだろう、金の延べ棒十本をテーブルに並べるベグアード。

延べ棒一本は一ハーデと呼ばれ、一ハーデは金貨百枚分の価値だ。

一金貨は千ビナスなので、十ハーデで百万ビナスとなる。

「では、フェアリーポーションをどうぞ」

俺はスマホを取り出し、インベントリから十五本のフェアリーポーションを渡す。

「あの、五本多いのですが……？」

「おまけです。ご家族に何かあった時のために使ってください」

「あ、ありがとうございます!!　ありがたく頂戴いたします!!」

ベグアードは大事そうにフェアリーポーションをアイテムバッグに入れた。

俺も十ハーデをインベントリに仕舞う。

「あ、ついでにこれも渡しておきますね」

さっき飲んだのと一緒のお酒の未開封の物を一瓶、それから他のお酒も二つ選んで渡す。

さらに、奥さんとお子さんのためにチョコやクッキーなどのお菓子も渡した。ベグアードはそれを受け取り、キラッキラの笑顔になる。

それから少し雑談して、グラスのお酒を飲み終わったところで、ベグアードは帰っていった。

彼を見送った後、俺はインベントリから魔道具のベルを取り出してリーンと鳴らす。

「お呼びでしょうか」

すぐにサンヴァトレが来て頭を下げる。

「悪いけど、俺は出かけるからテーブルの片付けをお願い」

「かしこまりました、それではお見送りいたします」

サンヴァトレに見送ってもらい、向かうのはもちろんアルガレスト。

さっき作ったフェアリーポーションをルオッソ、シーナス、モラリオに渡しに行くのだ。

それぞれのところに順番に顔を出し、軽く話をして報告書を受け取り、フェアリーポーションを百本ずつ渡す。あわせて、厳重に保管しておくように言っておいた。

彼らも、フェアリーポーションがアルガレストにあるとバレたら問題が起こるだろうことはわかっているので、各々の方法で絶対に見つからないように管理すると約束してくれた。

俺はその後、アルガレストを少し見て回って、クーハやルフト達に会いに行き、お菓子を渡して家に帰ったのだった。


翌日、執務室で報告書に目を通していると、サンヴァトレがやってくる。

「リョーマ様、サレイヌ商会の者と名乗る方が、謁見を求めて参られました」

「わかった」

昨日は冒険者ギルドで今日はサレイヌ商会か。

野菜の受け渡しはこの前済ませたけど、何かあったのだろうか？

応接室に入ると、そこにはサレイヌ商会の商会長サリオン――ではなく、ものすごく緊張した様子の若い男がいた。

「お、お初にお目にかかります、リョーマ様!!　わ、私はサレイヌ商会に雇われております、キンジーと申します!!」

「はじめましてキンジーさん。どうぞお掛けになってください」

まずは緊張を解すために世間話をと思ったのだが、キンジーをよく見ると、何やら焦っている。

面識もないキンジーを来させたということは、サリオンが来られない事情が何かあるに違いない。

「商会の方で何かあったのですか？」

「は、はい!!　リョーマ様、どうか……どうかサリオン会長を助けてください!!」

叫びに近い声を上げ、キンジーはワッと泣き出す。

このままでは状況がわからないので、一旦落ち着かせて話を聞く。

「サリオン会長が襲われました……会長は酷い怪我をして……意識がない状態で……」

「本当ですか!?　とりあえず、詳しい話は後にしてすぐに向かいましょう!!」

「あ、ありがとうございます、リョーマ様!!」

キンジーは安堵の表情を浮かべて、ポロポロと涙を流す。

そして俺達はキンジーが乗ってきた馬車に乗り、急いでサリオンのもとに向かった。

サリオンは神聖教会が運営する救護院に運ばれていて、救命措置が行われていた。

あまりに酷い状態を目の当たりにして、俺は言葉を失う。

どうも、馬車がお店に突っ込み、サリオンは文字通り押し潰されていたのだという。全身の骨が折れ、今生きているのも不思議な状態だ。

俺は込み上げる吐き気を必死に抑えながら手を翳し、神聖魔法を発動した。

見る見るうちに治癒されていき、その様子に救護を行っていた人達は目を丸くしていた。

さすがは神聖魔法というべきか、体は完全に治したのだが、意識はまだ戻らない。

他の怪我をした従業員も治し、ひとまず死ぬ心配はなくなったので、後のことは救護院の人達に任せ、俺とキンジーはサレイヌ商会に向かった。

お店は一階部分に大きな穴が空いていて、商品が散乱している。

しかも夥しい量の血が至るところに飛び散っていた。

「普通は馬が怯えて、お店に突っ込むなんてことはしないはず……キンジーさんはどういう状況だったか見ていましたか？」

「自分は……会長に荷物を届けるように言われてて、出かけていたのでわかりません……戻ってきたらこのような状況になっていて……リョーマ様なら会長を助けられると思って……」

辛そうに答えてくれるキンジー。

「わかりました。事故を起こした御者は？」

「すみません……気が動転していて、そこまで気にする余裕がなかったのでわからないです……」

「なるほど、こういった事件が起きた場合、捜査を行うのはどういう組織ですか？」

「王国騎士団治安隊です」

「ではそこに行ってみましょうか」

俺達は王国騎士団治安隊が勤務する治安隊本部へと向かう。

この首都の治安を守る部隊の本部だけあってかなり立派な建物で、厳かな雰囲気がある。

入り口から中に入ると、色んな人が忙しそうに行き交っていた。

「あの、すみません」

近くを通りかかった若い隊員に声をかける。

「はい、何でしょうか？」

「サレイヌ商会の事件についてお伺いしたいのですが、調査を担当している方はいますか？」

「少々お待ちください」

若い隊員はどこかへ行き、俺とキンジーはその場に残される。

ちなみに、俺はアレクセルの魔套を着て、顔が見えないようにフードを被っている。俺の顔はあまり知られていないが、念のためだ。

しばらく待っていると、俺達のもとに男が近付いてくる。

「お待たせしました。サレイヌ商会の事件を担当しておりますハイヌと申します。事件のことについて知りたいとのことですが、まずはお名前をお伺いしてもよろしいでしょうか？」

「えーっと、事情がありまして、可能なら個室に移動できないでしょうか？　そこで自己紹介したいのですが……」

「……かしこまりました。ではご案内いたします」

公に名乗れないという事情を察したらしきハイヌは、個室へと案内してくれる。

そして個室に入ってからフードを取ったのだが、ハイヌは俺の顔を見てもピンときていないようだった。

まぁ、宣言を行った時は集まった人たちとは距離があったし、わからないのも当然だろう。

「名乗る前に一つお願いがしたいのですが、名前を聞いても大きな声を出さないようしてほしいのですが」

「はい。承知しました」

さすがに訝しむハイヌ。

使徒専用の冒険者登録証を取り出して魔力を流し、浮かび上がる情報をハイヌに見せる。

「リョウマと申します」

「ッ!?」

すかさずハイヌは踵を揃え、背筋をピンと伸ばし最敬礼する。

「た、大変失礼いたしました！　貴賓室にご案内いたします！」

「いえ、この部屋で構いませんよ。それで、サレイヌ商会の事件についてお伺いしたいのですが……馬車を操っていた御者は確保されているのでしょうか？」

「……はい。ただ、我々が到着した時には既に死んでいました。身元を確認するために持ち物などを調べたのですが、何も持っておらず、荷馬車の所有者も不明です。それと荷台ですが、石が敷き詰められておりました」

「石、ですか……？」

何もかもが怪しすぎる。

「はい。おそらくですが、何らかの方法で御者と馬を強制的に操り、強引にサレイヌ商会に突っ込ませたのだと考えております。身元や証拠を残さず、積荷も石だけという不可解な状況から、何者かがサレイヌ商会を狙って起こした事件かと」

「なるほど……キンジーさん、サリオンさんは誰かに恨まれているという心当たりはありませんか？」

「いえ……全くそのような心当たりはありません……他の商会の方々とも上手くやっているように見えましたし、取引に関しても公平に行っておりましたので……リョーマ様のお野菜を扱うようになってからは問い合わせなど頻繁にありましたが、それも落ち着いてます……」

そう肩を落とすキンジーの言葉を受けて、ハイヌが眉を寄せる。

「サレイヌ商会は使徒様と親しい関係だという噂は、誰もが知っているはずです。それだけに、今回このような事件が起きて、我々も驚いているんです。わざわざ使徒様と関係がある商会を襲うようなことをするのはどこの誰なのか、全く情報が掴めず頭を抱えるばかりです」

そんな話をしている時に、ドアがノックされ男が入ってくる。

「ハイヌさん、ソイル侯爵様がお見えになりました。サレイヌ商会の事件について話が聞きたいとのことでして、貴賓室でお待ちです」

ソイル侯爵……ああ、ガイフォルか。

「ガイフォルさんなら面識があります。俺も一緒に行きます」

「わかりました」

「キンジーさんも一緒に行きましょう。サレイヌ商会の関係者として話をしてください」

「は、はい!!」

俺とキンジー、ハイヌの三人で貴賓室に向かう。

三人で入室すると、ガイフォルは驚きの表情を浮かべ、座っていたソファーから勢いよく立ち上がる。

「リョーマ様!! まさかここでお会いするとは思いませんでした!!」

「俺も驚きましたよ。ガイフォルさんと同じ目的で来たんです。サレイヌ商会の襲撃について話を聞いていたところです」

「ああ、なるほど。サリオンを助けていただき感謝を申し上げます」

どうやら、ここに来る前にサリオンのところに行っていたらしい。そこで俺が治したと聞いたのだろう。

全員ソファーに座り、先ほど聞いた話をガイフォルにする。

「なるほど……相手の情報が全くないのが不気味ですね。私の方でもサリオンが誰かと揉めていたとは聞いたことがありません。何が目的であんな目に遭わされたのでしょう」

「ただの偶然……とは考えづらいですよね。ハイヌさん、御者と馬の死体、荷馬車に積まれていた石はどこにありますか？」

「御者と馬の死体は保管してありますが、明日埋葬人に引き渡す予定です。積まれていた石も、ある程度回収して保管してあります」

「……ではそれらを見せてもらえませんか？」

「承知しました。ご案内いたします」

正直、死体なんて見たくもないが、何かに繋がる発見があるかもしれない。一応見ておこうという考えだ。

キンジーは部屋に残し、俺とガイフォルとハイヌの三人だけで、本部の裏手にある別の建物に入る。

一階の奥の部屋に通されて、あまりにも惨い死体と対面した。

「ッ……」

無惨な姿と酷い臭いに、息が詰まる。

ダンジョンのガステイル帝国で死体やゾンビは嫌というほど見たが、今改めて死体を目の前にして、気分は最悪だ。キンジーを連れてこなくて良かったとつくづく思う。

側にある台には、御者が持っていたであろう物が並べてあった。

吐き気を我慢し、意を決して死体を注意深く見る。

三人で全身を隈なく見るが、何かを発見するには至らなかった。

次に持ち物を見る。一見怪しい物は何もないかに思われたが……

「これは……」

「御者がしていた指輪ですね。それがいかがしましたか？」

ガイフォルとハイヌはわからないようだが、俺にはしっかりと感じる。

なんの装飾もされていない普通の指輪だが、どこかで感じたことがあるような妙な魔力が纏わりついている。

「……あ」

この魔力はあれだ。ノルスのボス、パコバの部屋にあった像と似ている。ということは……

「ノリシカ・ファミルか？」

俺のボソッと呟いた言葉を、ガイフォルは聞き逃さなかったようだ。

「ノリシカ・ファミルというと、あの？」

「はい。この指輪から、ノルスのボスの部屋にあった置物と同じような魔力を感じたんです。ですがサレイヌ商会は、ノリシカ・ファミルと関係ないはず……」

「直接的な関係はなくても、リョーマ様と繋がりがあるということで、何かの目的があってサレイヌ商会を襲った可能性は高いですね」

ガイフォルの考えは一理あるだろう。

だが、関係のない者を巻き込むやり方を許せるはずがない。

俺が静かに憤っていると、ハイヌが口を開く。

「現場付近に怪しい者が隠れていないか、我々の方で探してみましょう」

「ありがとうございます。俺のせいで本当にすみません……」

「頭を上げてください、リョーマ様!!　これが我々の仕事ですので!!」

こうなってしまったのは自分の責任だ。

これ以上被害を出さないためにも、なんとかしないといけない。

だが、民衆に潜む奴らをどうやって捜し出せばいいのか……悔しさに拳を強く握る。

「リョーマ様、私の方でも情報を集めてみます」

ガイフォルが申し出てくれる。

「ありがとうございます。力を貸してください」

「はい!!」

それから貴賓室に戻った俺達は、ハイヌに治安隊隊長を呼んでもらい、今後のことについて話し合った。

そうして家に帰った頃には、すっかり日が暮れていた。

執務室の机の上には、目を通す途中だった報告書の山。

それに加えて今後はノリシカ・ファミルのことを警戒しなきゃいけない。

椅子の背にもたれかかって天井を見る。

「アルガレストがこれからって時に、こんな問題が起きるなんてなぁ……」

俺と繋がりのあるサレイヌ商会を襲うというのは、俺を攻撃したのと同じことだ。ノルスを潰して麻薬を撲滅したことに対する報復だろうか。

つまり、使徒である俺を恐れていないということで、今後も何かしら行動を起こしてくる可能性が高い。

警戒しなければと、俺は気を引き締めるのだった。


数日後。

「リョ、リョーマ様、大変です!!」

執務室で書類を見ていた俺のもとに、珍しく動揺した様子のサンヴァトレが入ってくる。

息を切らしている彼に、インベントリからコップを取り出し、水を飲ませて落ち着かせる。

「そんなに慌ててどうしたの？」

「ニルクが……殺されました……」

「はぁ!?　どういうこと!?」

ニルクとは、うちで働く使用人の男だ。

真面目で働き者で、スレイルのボードゲームの遊び相手になってくれたこともある好青年だ。

そんな彼が殺されたと聞き、衝撃を受ける。

この世界に来て、初めて体験する身近な人の死だ。

どうやら遺体で発見されたらしく、それを知らせに来た治安隊の人とサンヴァトレと共に、急いで治安隊の本部へ向かう。

遺体安置室に案内され、変わり果てた姿のニルクと対面する。拷問を受けたのだろう、凄惨な姿だった。

「間違い……ありません……ニルクです……」

サンヴァトレは弱々しく言って辛そうに涙を流す。

「くっ……」

俺は悔しさと怒りで叫びたい衝動を必死に抑え、涙を流す。

しばらくして少し落ち着いた俺は、治安隊の隊長――リオクスに、発見された状況を聞く。

「場所はアルガレスト近くの裏路地で、発見したのは近くに住む男性です……一応、発見者を調べましたが、犯行の証拠が全く出なかったため解放しました。周辺で聞き込み調査を行いましたが、目撃情報などは得られませんでした。おそらく深夜に発見場所に運ばれたと考えております」

「……サンヴァトレ、ニルクは昨日何してたの？」

「……外泊の申請があったので許可し、昨日の早朝に私用で出かけました。今日の朝帰ってくるはずでしたが帰ってこず、リョーマ様にご相談しようとしてたところに治安隊の方が来まして……」

サンヴァトレは沈んだ声で答えてくれる。

「外泊の理由については聞いてる？」

「はい。ご家族の方が病気になったと報せを受けたようで、見舞いに行くということでした」

「ニルクの家族はこの首都で暮らしているの？」

「はい」

「そうか……ご遺体をそのまま引き渡すわけにはいかないから、こちらで埋葬を手配してご家族には俺が直接説明しに行こう。帰ったら埋葬の手配と遺品の整理を頼むよ」

「……かしこまりました」

俺は沈み込んだ様子のサンヴァトレから、リオクスへと顔を向ける。

「リオクス隊長、引き続き犯人の捜査をお願いします……」

「ハッ!!　全身全霊をもって、犯人を捕まえてみせます!!」

それから俺とサンヴァトレで、ニルクの遺体を用意されていた棺に丁寧に収める。その後霊柩馬車を手配してもらい、棺を乗せてうちに帰った。

うちで働く使用人達は、ニルクが変わり果てた姿で帰ってきたことに衝撃を受け、特に仲が良かった者は棺に縋って泣き叫んでいだ。

スレイルもニルクの死を知り、俺に抱きついて泣いた。

これ以上うちの者に手出しをさせないために、サンヴァトレに使用人達の外出を自粛するように伝える。

ロマやルイン、タオルクにもその旨を伝え、了承してもらった。

翌日、整理されたニルクの遺品を手に、サンヴァトレと共にニルクの家族のもとに向かう。

ご家族にニルクが亡くなったことを正直に話し、遺品を手渡して頭を下げて謝罪した。

ご両親やお姉さんは突然の家族の死に泣き叫ぶ。父親の方は確かに病を患っていたため、神聖魔法で癒やす。

そして、いつニルクが襲われたのか確認するために、彼がどう動いていたのか知らないか尋ねたのだが、確かに手紙は出したが、ニルクは帰ってこなかったらしい。

つまり、ニルクはこの家に向かう途中に攫われたわけで、うちの屋敷がノリシカ・ファミルの者に見張られていて、家を出たタイミングで襲われた可能性が高いということだ。

家に帰り、すぐに家の周辺に怪しい人物がいないか魔力を広げて気配を探るが、もういないのか感知できなかった。

第10話　シャンダオへ

ニルクの死から数日が経った。

相変わらず俺は、アルガレストの再開発を進めつつノリシカ・ファミルの捜索を行っているが、どこに潜んでいるのか全く尻尾が掴めない。

今日はサレイヌ商会の方に行く予定だ。

サリオンは退院し、お店を再開するために頑張ってると聞いたので、その応援と支援のためだ。

アレクセルの魔套とスキル隠密を組み合わせた、いつものスタイルになって家を出た。

到着したサレイヌ商会の入り口はいまだに大きく損壊しているが、瓦礫（がれき）や散乱していた物は片付けられている。

再び襲われないように、新しく雇ったのだろう冒険者が周囲を警戒していた。

すると店先に、キンジーが出てきたので声をかける。

「キンジーさんこんにちは。サリオンさんはいますか？」

「リョーマ様！　ようこそお越しくださいました。会長は奥で作業していますので、ご案内いたします!!」

キンジーの声に反応して、作業していた従業員や警備の冒険者が俺に注目する。

「あ、そうだ。これ、良かったら皆さんで食べてください」

インベントリからクッキーやチョコなどのお菓子を出して渡すと、皆大喜びだった。

キンジーの案内でお店の奥に向かうと、サレイヌが書類とにらめっこしている。

「こんにちは、サレイヌさん。体の方は大丈夫ですか？」

「これはこれは！　ようこそお越しくださいました、リョーマ様。おかげ様で体調は万全です。従業員の給料を払うためにも、一日でも早くお店が再開できるように休んでる暇はないですよ」

ハハハと笑うサレイヌ。

「あまりご無理はなさらないように。これは今回、自分のせいでご迷惑をおかけしたお詫びです」

俺はインベントリから金貨がぎっしり詰まった袋と、お菓子など色んな物をテーブルに置いて頭を下げる。

「そ、そんな！　リョーマ様、どうか頭を上げてください。迷惑だなんて、私はそんなこと思っておりませんよ！　リョーマ様には日頃からお世話になっておりますし、感謝しております!!」

「いえ、お店の方も任せてください。ガイフォルさんにお願いして腕のいい職人を手配してもらってます。建て直しの費用は俺が出します」

「……そこまでしていただけて、本当にありがとうございます。大変恐縮ですが、お言葉に甘えさせていただきます。お店を再開しましたら今まで以上に頑張りますので、今後とも何卒サレイヌ商会をよろしくお願いいたします」

深々と頭を下げるサリオン。

それから少し歓談してから、俺はサレイヌ商会を後にするのだった。


家に帰り、執務室で書類を片付けているとスレイルが部屋に入ってくる。

ニルクが死んでから数日は落ち込んでいたが、ミアのおかげもあって、今は気を持ち直していた。

「お兄ちゃん、今日もお仕事？」

「今終わったところだよ。どうしたの？」

「ううん！　忙しそうだなって思って」

そういえば、最近本当にいろいろあってスレイルに構ってあげられなかった。寂しい思いをさせてしまっただろうか。

「おいで」

俺の言葉に、スレイルは笑顔になって俺の側に来る。

膝の上に乗せて頭を撫でると、嬉しそうにした。

「今日は何をしたの？」

「ミアと一緒に遊んだよ！　あと、フェルメお姉ちゃんのところにも行ったよ！　ロマお兄ちゃんとミアと四人で大富豪したんだ！」

楽しそうに語るスレイル。

大富豪のルールは、元日本人であるタオルクが皆に教えていたので、家の中でトランプゲームが流行していた。

ロマとルインとタオルクはたまにお酒を飲みながら、賭けでポーカーやブラックジャックをやったりしている。

そうそう、フェルメも完全に回復したとは言えないが、最近ではこうしてスレイルたちの相手をしてくれるようになって、段々よくなってはきている。

「いいなぁ～。今度は俺も一緒にやろうかな」

「うん!!　約束だよ!!」

「さてと、夕飯の前にお風呂入ろうかな。久々に一緒に入る？」

「入るー!!」

大浴場に向かうまで、スレイルはずっと楽しそうで、風呂に入ってからも一緒に背中を流し合い、湯船では色んなことを話した。

楽しい時間を過ごせて、かなりリフレッシュできたのだった。

翌日、俺は魔具組合――魔道具作りの親方が集まってできた組織の組合長と会う予定になっていた。

書類を片付けていると、サンヴァトレが扉をノックする。

「リョーマ様、魔具組合の方がご到着しました。応接室にご案内してあります」

「ありがとう。今行くよ」

俺はすぐに応接室まで移動し、扉を開けた。

「お待たせしてすみません」

「お初にお目にかかります！　使徒リョーマ様に謹んでご挨拶申し上げます。魔具組合の組合長をしております、ヴィハーと申します!!」

五十歳くらいだろうか、背は小さく白髪交じりの、真面目そうな男性が跪く。

「どうぞお掛けになってください。本日はお越しいただきありがとうございます」

「使徒リョーマ様のためでしたら、いつ何時でも馳せ参じる所存です」

真面目そうに見えるが、ずいぶんと大袈裟な言い方をする人だ……本気で言ってるわけじゃないよな？

「ははは、ありがとうございます。それで、今日お呼びした理由なのですが、前々から魔道具に興味がありまして……主にどんな物が作られているのでしょうか」

「我々が作るのは、生活を便利にする物にございます。たとえばこれです！」

ヴィハーは自分のアイテムバッグから、模様が刻まれたマグカップを取り出す。

「冷温カップでございます！　持ち手の窪みに水、または火の魔石を埋め込みますと、注いだ飲み物が冷えたり温まったりします。貴族様のお屋敷などにあります魔具竈もうちが作った物で、火力を自在に調節して、美味しい料理を簡単に作れるようになっています。その他にも、水洗桶や浄化厠、部屋を照らす魔灯、食材を腐らせないようにする冷蔵機など様々です！」

話を聞いている限り、元の世界の家電みたいな物だな。

「ほう、素晴らしいですね……是非、金銭的に支援させてほしいのですが」

「本当ですか!?　こちらこそ、是非お願いします!!」

俺の申し出に、ヴィハーは前のめりになって興奮する。

「実は、新たな魔道具を作るにしても、開発費用などがかかりまして……王室からもご支援いただいているのですが、費用の関係で手を付けられない物がいろいろあったのです」

「限られた予算内で新しい物を作るとなると、いろいろと厳しい部分はありますよね。とりあえず、こちらとしてはこれぐらいの額を支援させていただこうかと考えているのですが」

俺は紙に金額を書いて渡す。

それを見たヴィハーは、目をまんまるにして動揺を隠せていなかった。

「け、桁を書き間違えていると思うのですが、ご確認お願いします……」

「いえ、それで間違いないですよ。その金額で合ってます。庶民でも気軽に手が出せるような物を作っていただきたいという期待を込めて、この金額にしました」

「あ、ありがとうございます！　ご期待に添えるように鋭意努力いたします‼」

「それと、一つご相談があるのですが、いいでしょうか？」

「はい‼　我々にできることでしたら何なりとお申し付けください‼」

ヴィハーは興奮冷めやらぬまま、力強く頷く。

「街の夜道を照らしている明かりは、魔具組合が設置した物なのでしょうか？」

「はい！　国王様より直々に依頼を賜りまして、主要の道路に街魔灯を設置いたしました。夜でも明るくなり、住民の方々や国王陛下に大変ご満足いただけたと思います」

「なるほど、自分は今、アルガレストの再開発を行ってまして。同じようにその街魔灯を段階的に設置してほしいのですが、お願いしてもいいですか？」

「お任せください、全力で取り組ませていただきます‼」

胸をドンと叩き、自信たっぷりにそう言うヴィハー。

「ありがとうございます。では後日、現地にて設置場所を決めてもらい、請求書を俺に送ってください」

「かしこまりました‼　他にも我々にできることがありましたら何なりとお申し付けください。誠心誠意対応させていただきます」

「ありがとうございます。では、これからもよろしくお願いします」

話しは纏まり、ヴィハーは浮かれた気分で帰っていった。

なんだかパワフルな人で、少し疲れてしまった。

俺は執務室に戻り、椅子に座って目を瞑り少し休む。

「――ん……」

気が付いたら完全に日が暮れていて、部屋が真っ暗だった。

思った以上に疲れが溜まっていたようで、寝落ちしてしまったらしい。

そんな中、暗闇の中に妖しく光る赤い双眸が俺を見ているのに気付き、ビクッと驚く。

その双眸の正体は――

「お兄ちゃんおはよ！」

「な、なんだ、スレイルか。びっくりした～」

窓から照らされる月明かりの前に出てくるスレイル。

「なんだか疲れてるみたいだから起こさないように待ってた！」

「そっか。皆は？」

「ルシルフィアお姉ちゃん以外は皆寝てるよ！」

「もうそんな時間か……って、ああ。今日は赤い月の日か。いつものやつね」

「うん！」

スレイルは音もなく俺の背後に立つと、首筋に噛みつく。

赤い月の時、スレイルは喉の渇きに襲われる。

これはヴァンパイア系の種族にとっては本能的なものなので、こうして俺の血を飲んで渇きを満たすのだ。ちなみに、使徒である俺の血はものすごく甘くて美味しいらしい。

スレイルはゴクゴクと美味しそうに喉を鳴らす。

「ぷはぁ」

スレイルの口の端から血が一筋垂れ、それをペロッと舐めて満足そうな表情だ。

「お腹いっぱいになった？」

「うん！　お兄ちゃんありがとう！」

「いいよ。ヴァンパイアの能力は上手く使えるようになったかな？」

「うん！　難しいのもあるけど、ちゃんと練習してるよ！」

スレイルは真祖の魔石を吸収した際、その能力を全て引き継いでいる。まだ完全に操れるというわけではないが、十全に使えるようになったら今の俺より強くなるのは確実だ。

さらに吸収した悪魔の力である死の権能が使えるようになれば、とんでもない強さになるだろう。

そんなことを考えていた時、俺はふと、思い至った。

「死の権能……死霊魔法……」

「お兄ちゃん？」

「そうだよ、死霊魔法だよ!!　なんで忘れてたんだ!!」

「わっ!?」

突然大声を出してしまったせいでスレイルが驚くが、俺は一人で興奮していた。

もしスレイルが死霊魔法を使えるようになってくれたら、悩みの一つだった人手不足を解消できるかもしれないのだ。

「驚かせてごめんね。スレイルにお願いがあるんだけど、いいかな？」

「うん!!　いいよ!!」

俺のお願いに嬉しそうに笑顔になるスレイル。

「スレイルは死霊魔法っていうのが使えるようになるはずなんだけど、覚えてみない？」

「死霊魔法？」

「死霊魔法っていうのは、アンデッドを召喚、使役したりできる魔法なんだけど、それを覚えて助けてほしいんだ」

「お兄ちゃんを助けられるならやる!!」

首を傾げていたスレイルだが、俺の助けになると聞いて、すぐに頷いてくれた。

「ありがとう、スレイル。これから夜は特訓しようね。皆には内緒だよ」

「うん！」

俺はスマホの図書アプリを起動し、死霊魔法関連の魔導書を、神様ポイントを使ってダウンロードしていく。ほとんどが禁書であるからポイントが結構高かった。

この魔導書の内容をスレイルに教え、死霊術を覚えてもらう作戦だ。

まずは簡単なものから。

「スケルトンの召喚をやってみよう」

「わかった！」

魔導書に記されているスケルトンの召喚をスレイルに教える。

呪文を唱えると、それに呼応してスレイルの魔力が反応した。

スレイルの魔力は、黒く背筋が凍るような邪悪な感じだ。

それが床を這うようにして、魔法陣を形成していく。

呪文を唱え終わると、魔法陣からカシャンカシャンと聞こえてくる。

そして、魔法陣の中央から骨の手が伸びて、床に手をかけると這い出てきた。

出てきたのは魔導書通り、普通のスケルトンだ。

召喚が終わると、スレイルの魔力でできた魔法陣は消える。

「できた!!」

初めての魔法にスレイルは大喜びだ。

一方で召喚されたスケルトンはその場に大人しく佇んでいる。

「スレイル、そのスケルトンに命令してみて」

「うん！　それじゃあ、右手を上げて！」

スレイルの命令通りに、スケルトンは右手を上げた。

スレイルは次々に命令し、変なポーズをさせたり踊らせたりしている。

「そのスケルトンで何かできそうって感じはある？」

そう聞くとスレイルは目を瞑って集中する。

「う～ん……なんか見える？　あと、僕がスケルトンを動かすこともできるみたい!!」

おそらくスケルトンの視界を共有することができるのだろう。

スケルトンの視界で俺が何をしてるかというクイズを出すと、しっかりと正解した。

「スケルトンが俺の命令を聞くようにすることはできる？」

「できるよ！　僕はお兄ちゃんの従魔だから、僕が召喚したスケルトンはお兄ちゃんの言うことなら聞くよ!!」

「なるほど。それじゃあスケルトン、頷いて」

俺が命令するとスケルトンはコクンと頷く。他にもいろいろ命令してみたが、全部言う通りに聞いた。

これなら、スケルトンやレイスなどを使って、サンアンガレアス全体の、ノリシカ・ファミルの捜索をしやすくなるかもしれない。

広大な王都で、限られた人材で捜査をするのは限界がある。しかしこの方法なら……

俺が一人にニヤついていると――

『二人で何をやっているのですか？』

突然現れるルシルフィア。

ニコニコと笑顔だが、なんだか怒っているような雰囲気がある。

『突然屋敷の中にスケルトンの気配が現れたので、驚いて来てみれば……そういうことをするなら私にも一言ください』

「はい……」

怒られてしまった。

ついでに大天使的には死霊魔法はどうなのか聞いてみたのだが、忌むべきものではあるが俺やスレイルがやる分には特に気にしないようだ。

だけど、監視する名目で秘密の特訓にルシルフィアも加わることになった。

上達すれば、操ったスケルトンやアンデッドで、ロマとルイン、ついでにタオルクも驚かせられるな。

その日から、皆が寝静まった頃にスレイルの死霊魔法の練習が始まることになった。


それから一週間ほどで、スレイルは無数のレイスを召喚できるようになり、俺とスレイルによるノリシカ・ファミルの捜索が始まった。

そんな矢先――

「リョーマ様、緊急事態です!!」

緊迫した様子のサンヴァトレ。

「何が起きた？」

「落ち着いて聞いてください……ソイル侯爵家の屋敷が何者かの襲撃を受けました……そして、ご子息のリオス様が攫われました」

侯爵家を襲撃だって!?　そこまでやるのか!?

十中八九、犯行に及んだのはノリシカ・ファミルの者に違いないだろう。

誘拐されたリオスを早急に見つけ出し、救出しないといけない。もしリオスの身に何かあれば、俺は……

写真を撮っていればマップに居場所が表示されるのだが、残念ながら写真は撮っていない。

であれば、方法は一つ。

『スレイル、今すぐ俺の部屋に来て』

『わかった!!』

念話でスレイルを呼ぶと、黒い靄(もや)がフッと目の前に現れ、その靄はスレイルになった。

「どうしたの、お兄ちゃん?」

「リオスくんが何者かに攫われてしまったんだ。街を監視しているレイス達を操ってリオスくんを捜し出してほしい」

「リオスくんが……!?」

友達が誘拐されたと聞き、ショックを受けた様子のスレイル。

いつもの天真爛漫(てんしんらんまん)な様子とは打って変わって、感情が消失したかのように無表情になる。

俺にはわかる。色んな感情に襲われる中、最も強い怒りが爆発しないように無意識に抑え込んでいるのだ。

「わかったよ。すぐに見つけるね」

そう言ったスレイルは目が虚ろになり、直立不動になる。

ヴァンパイア特有の青白い肌、可愛らしい少年の姿とあいまって、人形のように見えるのがまた、不気味さを助長する。

「ルシルフィア」

『はい』

俺の呼びかけに、ルシルフィアが三対六翼の翼を広げて目の前に降り立つ。

「スレイルの体をお願い。俺はガイフォルさんの方に行ってくる」

『かしこまりました』

俺はすぐにスマホを取り出して、アレクセルの魔套を羽織る。

そして窓を開けるとスキル飛翔を発動し、ガイフォルの屋敷へと全速力で飛行した。

一分もしないうちに、屋敷の上空へと到着した俺は、屋敷の様子を確認する。

屋敷は色んな人が慌ただしく出入りしている中、俺はそんな彼らの前にフワッと降り立った。

「使徒のリョウマです!!　ガイフォルさんはどちらにおられますか？」

突然俺が現れたことに現場は騒然となる。

そしてその騒ぎを聞きつけたらしき壮年の執事が屋敷から出てきて、俺に深々と頭を下げた。

「リョーマ様、旦那様はこちらです！　ご案内いたします!!」

かなり逼迫した状況なのだろう、走りながら状況を説明される。

どうやらガイフォルは腹をナイフで刺されたそうで、しかもそれが特殊な毒の塗られた物だったため、解毒が上手くできず生死をさまよっているらしい。

案内された部屋には、ベッドに横たわり意識のないまま治癒を受けるガイフォルと、彼にすがりつき泣いているミヒェーラがいた。

ちなみに、治癒の魔法をかけている女性が使っているのは聖魔法で、俺が使う神聖魔法とは別物だ。神聖魔法は半神(デミゴッド)である神の使徒にしか使えないものなのである。

ミヒェーラは俺に気が付くと、両膝をついて頭を下げる。

「リョーマ様!! どうか……どうかガイフォルを、リオスを助けてください!!」

必死なその姿に、俺は頷く。

「わかりました」

そう返事をし、横たわるガイフォルの前に立って手を翳した。

神聖魔法を発動すると、淡い光がガイフォルの全身を包み込み、癒やしていく。

そしてガイフォルは見る見るうちに顔色が良くなっていった。

「……凄い」

聖魔法を使っていた女性は、まるで奇跡を目(ま)の当たりしたかのように呟き、じっと見つめていた。

「……ん」

「貴方!!」

光が収まると同時に、ガイフォルが意識を取り戻し起き上がる。そんな彼に、ミヒェーラは抱きついて大粒の涙を流して喜んだ。

「ここは……? どういうことだ……?」

意識が戻ったばかりで記憶が混濁しているのだろう、状況が把握できていない様子だ。

しかし、次第に意識がはっきりしてきたのか、バッと自分の服を捲り、腹部を確認する。

「旦那様、リョーマ様が治療を行いました」

執事の男にそう告げられて、ガイフォルはそこで初めて俺を認識したようだった。

「リョーマ様!! お見苦しいところをお見せしました……」

服装を正してベッドから立ち上がり、跪くガイフォル。

「立ってください。問題はまだ解決してません」

「……どういうことでしょうか?」

「貴方……リオスが……リオスが……」

ボロボロと泣き出すミヒェーラ。

「リオスがどうしたというのだ……?」

「旦那様……リオス様は……攫われてしまいました……」

「どういうことだ!?」

執事の言葉に激昂するガイフォル。

「現在治安隊が総出で捜索しているのですが……」

そう説明をされても、ガイフォルの興奮は収まらない様子だ。

そしてバッと俺の方に振り向くと、勢いよく頭を下げた。

「リョーマ様!! どうか私の大事な息子を助けてください!!」

「自分の方でも捜索は行ってます……必ず見つけ出してみせますので、今しばらくの辛抱です」

「わかりました……」

治安隊とスレイルがリオスを捜索している間、襲撃を受けた状況を確認する。

屋敷で働く使用人の犠牲者は五人。負傷者は十人以上だ。

そして、無傷だった使用人の中に、犯人の姿を見たという者がいた。その人の話では、全身黒ずくめの人達が廊下を駆け抜けていったという。

負傷者達は、一本の道を作るように倒れていて、その道の最後の地点にガイフォルとリオスがいたという話だから、犯人の目的は、ガイフォルの暗殺とリオスの誘拐だったのだろう。

その後、事件が発生してから五時間以上が経過したが、いまだにリオスは発見できていない。

焦りばかりが募っていく中、屋敷の周囲を警戒していた治安隊の一人が、俺達のもとに駆け込んできた。

「リオス様が着ていたと思われる衣類が発見されたそうです!!」

「なに!?」

「あぁ……」

それを聞いたガイフォルは椅子から勢いよく立ち上がり、ミヒェーラは倒れそうになる。

「場所はどこですか?」

「ミストア地区の四十三番倉庫の裏手です」

ミストア地区といえば、鍛冶工房が多くある工業地区だ。

俺とガイフォルは、リオスの服が発見されたという場所に向かう。

「リョーマ様、ソイル侯爵様。こちらです」

倉庫が立ち並ぶ中を進み、四十三番と書かれている倉庫の裏に回る。

そこには何人もの治安隊がいて、地面には切り刻まれた仕立てのいい子供服か乱雑に置かれていた。

「ま、間違いない!!　今日リオスが着ていた服だ!!」

ガイフォルは最悪のことを想像したのか、青褪めて呆然とする。

「リョーマ様、ソイル侯爵様、衣服の側にこれがありました」

捜査を行っている治安隊の男が、俺達に折り畳まれた紙を差し出す。

「……目的は俺か」

俺が受け取った紙には、こう書かれていた。


使徒リョーマ一人で、アウガス通りの赤い屋根の廃屋に来い。

人質の命は貴方にかかっている。


俺は手紙をガイフォルにも見せる。

「こう書かれてるので俺一人で行ってきます。治安隊の人達は、相手を刺激しないようにこの場所には近付かないでください。ガイフォルさん、リオスくんは無事なはずです。必ず連れて帰りますので、待っていてください」

「……わかりました。リオスを……よろしくお願いします」

ガイフォルは不安そうな表情で、絞り出すようにそう言う。

俺は一人その場を離れ、紙に書いてあった場所に向かった。

『スレイル、俺にレイスを一体つけて。今からリオスくんのいる場所に行くから』

『……うん、見てるね』

すぐに俺のもとにレイスが現れ、俺の背後に憑く。

レイスは普通の人間には見えないから、犯人を刺激する心配はないだろう。

ミストア地区を出てからしばらく、指示通りにアウガス通りへ入って進んでいくと、赤い屋根の寂れた廃屋が見えてきた。

周囲には人気はない。

赤い屋根の廃屋の中に入るが、窓などは板が打ち付けられていて隙間からしか陽の光が入ってこず、かなり暗かった。

周囲を警戒していると、階段影から人影が現れる。

「使徒リョーマ、こっちです」

そう声を発し、階段脇にある扉の中に入っていく人影。

俺はそれについていく。

そして扉を通り抜けた瞬間、意識が一瞬揺らぐような感覚がして、景色が一変した。

朽ち果てた倉庫の中のようで、所々崩れ落ちた天井から光が差し込んでいる。

どうやら何かしらの方法で転移させられたようである。

しかも、俺に憑いていたレイスの気配を感じられなくなっていた。俺だけが転移したってことだ。

そして倉庫の奥には、下着姿で椅子に縛られ、目隠しと猿轡をされたリオスがいた。

頭から血が流れているのが見えて一瞬焦ったが、そこまで深い傷ではなさそうだ。

すぐ側には、ショートソードを持った大男がいて、刃をリオスの首筋に当てている。

「リオスくん!!」

すぐに駆け寄ろうとしたが、どこからかさっきと同じ声が聞こえた。

「止まれ。言う通りにしないと首を切り落としますよ」

「ッ……」

怒りで頭が爆発しそうになるが、声に従い立ち止まる。

「んん～!!」

リオスは意識があるようで、俺の声に反応してモゴモゴと言葉にならない声を上げる。相当怖いのだろう、その体は震えていた。

「黙れガキ!!」

しかしその直後、大男が思いっきり殴りつけ、リオスはガクッと意識を失った。

「おい!!」

怒りを抑えられず、俺から発された魔力が大男を威圧する。

すると大男の背後から、細身で長身の、軽薄そうな笑みを浮かべた男が現れた。

「どうもはじめまして。コホスと申します。既にご存知でしょうが、ノリシカ・ファミルです」

こいつがアルガレストに薬物が蔓延することになった元凶か。

「……お前らの望みはなんだ？」

「それを聞いて、貴方が叶えてくれるのですか？　そうしてくれたら非常にありがたいですねぇ」

コホスは目を細めて嫌味に笑う。

「そうですね、まずはこれをつけてください」

コホスはそう言って、手に持っている物を放り投げてきた。

目の前に落ちたそれは、黒い石がいくつもついた首輪だ。

「それをつけてくれたら、これ以上この子に手を出さないと約束しましょう」

俺は大人しく、ニヤニヤ笑うコホスの言う通りにすることにして、首輪を拾い上げてつける。

「ッ……なんだ、これは……」

するとその途端に、急速に魔力が奪われていった。それに体がすごく重い。

「もとは怪物を調伏するために作られた首輪なんですが、それを使徒専用に改良しました。お似合いですよぉ」

コホスは口の端を大きく釣り上げる。

「何が目的なんだ。なぜ関係ない人を狙う……」

「我々の計画を邪魔した報復ですよ、ほ、う、ふ、く。この国で行っていた計画は上の人達がかな

り気合いを入れたものでしてね、相当お怒りでしたよ」

「計画……獣人を使って、麻薬の製造と販売することか？」

「そんなの、計画を実行する前段階にしか過ぎませんよ。せっかく何年もかけて準備をしてきたのに、リョーマ様に潰されてしまって私は悲しかったですよ」

わざとらしく泣き真似をするコホス。

「ああそうだ、獣人の守護者になられたのですよね。おめでとうございます！　おかげ様で他の計画もいくつか潰れてしまいました！　さすがは使徒様です」

パチパチと小馬鹿にするように手を叩く。

俺は表情を歪めながら、コホスを睨みつけた。

「……そんなにベラベラ喋っていいのか？　お前らの組織のことだろ」

「構いませんよ～。というか私は元々、組織の計画なんて興味ありませんし。今が楽しければそれでいいんです！　貴方とこうしてお話ができて楽しくて楽しくてたまりません。興奮しちゃいますよ！」

バシバシとリオスの頭を叩くコホス。

「おい!!　やめろ!!」

「これはこれは、申し訳ありません。私としたことが……興奮するあまりついつい」

「クソっ……」

どうにかして奴を仕留めたいのだが、魔力が乱されて上手く魔法が発動しない。

「ああ、貴方のその顔、すごくいいですね～！　ゾクゾクしちゃいます！」

「それ以上戯言を聞く気はない！　目的を言え!!」

俺がそう怒鳴ると、コホスは肩を竦めた。

「残念です。では本題に入りましょうか。組織はリョーマ様と取引を望んでます」

「……取引？」

「はい。我々の計画を邪魔したことは水に流し、これ以上リョーマ様の周りで不幸が起きないことを約束します。その代わり、フィランデ王国の王家が所有する、モルトアの古文書を奪ってきてください。リョーマ様なら簡単でしょう？」

ルイロ国王から物を盗めだと？

「ノリシカ・ファミルはそれを狙っているということか？」

「まぁ、そうですねぇ。予定していた計画のうちの一つとでも言っておきましょうか」

「……なるほど。薬物を使ってアルガレストに混乱を招き、獣人を扇動して反乱でも起こさせるつもりだったのか？　その騒ぎに乗じて、その古文書を盗むなり、他の目的を果たすなりするつもりだった、と」

「さぁどうでしょうか……取引に応じてくださいますよね？」

特に動揺した様子も見せないコホス。

さて、どうするか。まさか受け入れるわけにもいかないし……

その瞬間、スレイルの念話が頭の中に響く。

『お兄ちゃん、見つけた！　大丈夫？』

『ああ、大丈夫だよ。スレイル、あの大男を気絶させることはできる？』

『うん‼』

元気いっぱいな念話が頭に響くと同時に、スレイルは大男の側に姿を現す。

そしてそのまま力いっぱい殴りつけ、大男を吹き飛ばした。

大男はショートソードを手離し、意識を失ったようだ。

「な⁉」

コホスは突然の出来事に、初めて焦りを見せる。

そして俺の方をじとっと睨みつけた。

「……これはどういうことですか？　気配はなかったはずですが……」

「そっちはそっちのやり方で、こっちはこっちのやり方でやるだけだ」

「……後悔することになりますよ？」

「何人も傷つけられて、犠牲者も出して、人質も取れば言うことを聞くとでも思ったか？　逆に後悔させてやるよ。誰に手を出したのかしっかり考えろ」

俺の言葉に、コホスはこちらを睨みつける。

「では上の者にそう伝えます。どうやらまずい状況なので、これで失礼させていただきますねぇ。またどこかで会いましょう。お話できてとても楽しかったですよ」

「待て‼　スレイル、そいつも気絶させて‼」

「うん!!」

スレイルは瞬く間にコホスの隣に移動して拳を叩き込むが、その拳は空を切る。

コホスの体が、闇に溶けるように消えていったのだ。

『ああ、最後に一つ教えて差し上げましょう。ノリシカ・ファミルは獣人を使って人体実験を行ってますよ』

そう声だけを残して、コホスは完全に気配もなくなった。

最後のコホスの言葉に衝撃を受け、怒りが込み上げる。

「ごめんなさい……」

スレイルはコホスを捕まえられなかったことに、落ち込んだ様子を見せる。

「いやいや、来てくれてありがとう。スレイルはよく頑張ってくれて助かったよ」

「ほんと?」

「うん。だからこれからもよろしくね」

頭を撫でてあげる。

「そうだ、この首輪引きちぎれる?」

「やってみる!!」

そう言って俺の首輪に手をかけたスレイルは、あっさりと引きちぎってくれた。

魔力が回復していき、力が戻ってくる。

それを確認すると、俺はすぐにリオスのもとに駆け寄り神聖魔法で傷を癒やした。

また俺のせいで、知り合いをこんな目に遭わせてしまった。リオスを抱きかかえる。

「ごめんね……」

殴られて気を失う前にブルブルと震えていた姿が脳裏に浮かぶ。

守れなかった自分自身も許せないが、コホスやノリシカ・ファミルはもっと許せない。

ディダルーの復讐(ふくしゅう)を手伝って、絶対にボスを捕まえてノリシカ・ファミルを潰してやる。

「さ、帰ろう」

「うん!!」

「スレイルにお願いなんだけど、しばらくはリオスくんの側にいてあげてくれるかな。友達が近くにいた方が元気付けられるかもしれないからさ。怖い思いを忘れられるくらいに、たくさん遊んであげて」

「わかった!!　ミアも一緒にいい?」

「いいよ。ミアも一緒に友達になってもらおうか」

俺は気絶した大男を縛り上げて影に沈め、リオスを優しく抱きかかえる。

そのままスレイルと一緒に倉庫を出るが、やはり周囲の景色に見覚えはない。

スマホのマップを確認すると、首都とは別の街だった。周囲に人の気配がないことを確認し、転移門を起動して家に帰る。

そしてすぐにガイフォルの屋敷に向かい、リオスを両親に引き渡した。

二人はリオスを抱きかかえ、涙を流している。

その後、ミヒェーラはリオスを部屋に連れて行き、俺はガイフォルと共に、彼の書斎で詳しい話を話して謝罪した。

「俺のせいで……本当にすみませんでした」

「何をおっしゃいますか、頭を上げてください!! リョーマ様の行いは立派なものです。こういうことが起きましたが、恨む気持ちはありません。悪いのはノリシカ・ファミルです。リオスがどんな怖い目にあったのか考えると……腸が煮えくり返る思いです」

「奴らは必ず俺が捕まえます。報いを受けさせます」

「お願いします、リョーマ様……」

ガイフォルは俺の目をじっと見つめ、真剣にお願いしてきた。

ガイフォルの屋敷を出た俺は、王宮へ向かった。

捕まえた大男を引き渡し、事の顛末を説明するためだ。

王宮に近付くと、国王の側近の一人が襲撃を受けたということで、物々しい警戒態勢となっていた。

近衛騎士が五人一組の班単位で巡回していて、さらに、至るところに英雄並の強者の気配を感じる。

とはいえ俺の顔は兵士達はわかっているのですんなりと通され、国王執務室に到着した。

扉の前には、近衛騎士の中でも最上位にいるであろう実力者が控えている。

「使徒様、ご到着しました！」

ここまで案内してくれた側近の貴族が、中にいる国王へと告げる。

「中へ」

返答があり、騎士が扉を開け俺だけ室内に通された。

奥の席に座る国王の表情には心労が滲んでいる。

そしてその彼の後ろに、懐かしい顔があった。

久しぶりの再会となる、英雄のワナンだ。

挨拶をしたいところだが、目礼だけして国王の前に行く。

「リョーマ様、どうぞお掛けになってください」

「ありがとうございます……ルイロ陛下、まずは謝罪をさせてください。今回のソイル侯爵暗殺未遂、及び嫡男誘拐事件の原因は自分にあります。大変申し訳ございません」

深々と頭を下げる。

「そ、そんな！　リョーマ様が謝ることではありません、悪いのは犯人でしょう！」

「それでも、そもそも俺と関わったことが原因なのですから、謝らせてください。それとご報告がありまして、誘拐事件は解決し、犯人の一人を捕まえました。今も自分が捕らえている状態なので、後ほど近衛騎士の方に引き渡したいと思います」

「感謝いたします。情報を全て吐かせた後、ただちに処刑いたします」

そう言うルイロ国王の表情は真剣そのもので、王としての気迫を感じ、思わずゴクリと唾を飲み込む。

「ガイフォルさんのご子息は大きな怪我もなく、無事に救出し、家族のもとに届けました」

「大事な臣下の子を救っていただき、感謝申し上げます。第二王子のフレルと大変仲がいいので、無事を知れてひとまずホッと一息つけます」

「それは良かったです。それで、今回の犯人についてなのですが……」

俺は、あの転移先の部屋で会ったことを含めて、細かいところまで説明する。

特に、俺の力を抑える道具まで持っていたことに、ルイロ国王は焦りを見せていた。

「そ奴らがそんな手段まで持っているとは……」

「一応対処はできましたが、連中が油断ならないのは事実です。アルガレストで麻薬を広めていたのも、計画の準備のうちだったとコホスという男は語っていました。詳しい内容はわかりませんが、麻薬を流通させたのも、治安を悪化させることで獣人を困窮(こんきゅう)させ、扇動して首都を混乱に陥れるためだったと思います」

「うぅむ……我が国でそんなことを……」

難しい顔をする国王。

「奴らは何を企んでいたのか……」

「あの口ぶりからすると、獣人が首都で暴れまわり、そっちに目を向けさせている間にノリシカ・ファミルは何かの計画を実行に移す予定だったみたいです。その計画の一つに、王宮への襲撃があったと考えられます。奴らの狙いの一つとして、モルトアの古文書という物があるそうなのですが、ご存知ですか？」

「なんだと!?」

この話を聞いて激怒するルイロ国王。

「なぜそ奴らがその存在を知っているのだ!!」

どうやら、国王としてはかなりタブーな物のようだ。

少なくとも今は聞き出さない方がいいだろうということで、俺は話を続ける。

「今回ノリシカ・ファミルが俺を誘い出した目的は、取引を持ちかけることでした。人質を無事に解放する代わりに、俺にモルトアの古文書を奪ってこい、と……当然その取引は拒否しましたので、今後、ノリシカ・ファミルが何かしらの動きを見せることが考えられます」

俺の話を聞いているうちに落ち着いたのか、ルイロ国王は素直に頷く
「わかりました。我々の方で対策を講じましょう。潜んでいる奴らを見つけ出してみせます」

「何かあった時はルシルフィアとスレイルを頼ってください。力になると思いますので」

「ありがとうございます！　リョーマ様はどうなさるのですか？」

「自分はシャンダオに向かいます。ノリシカ・ファミルについて知っているという人物がそちらにいるので、彼と協力して、組織そのものを潰していこうと考えてます」

そう、ディダルーに一度会う必要があるだろうと考えたのだ。

そのためにも、シャンダオに行く必要がある。

「なるほど……わかりました。ノリシカ・ファミルはリョーマ様と敵対したことが運の尽きで

すな」

「世界的に活動している組織のようなので、簡単にはいかないと思いますが……必ずやり遂げてみせます」

「頼もしい限りです！　リョーマ様のお帰りを心よりお待ちしております！」

国王との話は一段落する。

そこで俺は、ずっと気になっていたことを尋ねた。

「仕事中だとは思いますが、ワナンさんと話をしてもいいでしょうか？」

「おぉ!!　そういえばワナン殿とリョーマ様と面識があるのでしたな!!　二人でワイバーンの群れを討伐(とうばつ)した話を聞いた時は、童心に返りワクワクしました。ワナン殿、どうぞこちらへ」

「ありがとうございます、ルイロ国王陛下……お久しぶりです、リョーマ様」

「久しぶりですワナンさん！　ここでまた会えるとは思いませんでした。お元気そうで何よりです！」

挨拶を交わし、会っていなかった間のことを、お互いに話す。

ワナンは俺の噂話をいろいろ聞いてたようで、とても楽しそうだった。

俺としては気恥ずかしくなるが、国王と盛り上がっているから大人しく聞く。

「ワナンさんはあの後、どんなことをしていたのですか？」

「私は国から依頼を受けてモンスターを討伐したり、こうして護衛をしたりしてます」

この前はフィランデ王国の南に現れたサイクロプスの亜種を討伐したという。体は通常の何倍もデカく、力も強力で死の魔眼を持っていて、街などに大きな被害が出てしまったそうだ。

国王も交えて盛り上がったこともあり、それからはインベントリからお酒や飲み物を出して、ちょっとした宴会になった。

今度はうちに招待する約束をして、その場は解散となったのだった。


家に帰ってきた俺は、執務室の椅子に座り一息つく。

外はすっかり暗くなり、ロマ達は既に寝ている時間だ。

『スレイル、ルシルフィアと一緒に部屋に来てくれる？』

『はーい!!』

念話で呼ぶと、二人はすぐに来た。

「俺はしばらくはシャンダオに行くから、二人はこの家と首都を守ってほしい。お願いしていいかな？」

『かしこまりました』

「一緒に行っちゃ駄目……？」

スレイルは寂しそうにしょんぼりする。

「スレイルにはミアとか皆を守ってほしいんだ。頼れるのは二人だけだからさ」

「わかった……お兄ちゃんのためならそうする」

「ありがとうスレイル。転移でたまに戻ってくるからね」

「うん!!」

それからルシルフィアにはアルガレストと獣人をお願いして、当面の資金と箱庭の野菜などをたくさん渡す。スレイルには皆の分のお菓子やジュースを渡しておいた。


翌日、朝食を共にするロマ、ルイン、タオルクにも、しばらく離れることを伝えた。

食べ終わって執務室で書類を整理してから、出発の準備を行う……といっても、やることはない。

アレクセルの魔套をつけて、玄関に行く。

持ち物はスマホ一つ。

これだけあれば不自由しない。

玄関にはスレイルやルシルフィアはもちろん、サンヴァトレやルイン、タオルクがいて出発を見送ってくれた。ロマはフェルメのところにいるのだろう。俺が次に戻ってくるまでに、フェルメが元気になることを祈る。

「それじゃあ、行ってくるね」

玄関を出てフードを深く被り、飛翔のスキルで空を飛ぶ。

どんどんと離れていく家。皆は見えなくなるまで手を振ってくれていた。


凶悪な組織を潰すべく、シャンダオへの旅が始まる。

異世界で水の大精霊やってます。
湖に転移した俺の働かない辺境開拓
ISEKAI DE MIZU NO DAI SEIREI YATTE MASU
著 穂高稲穂
HODAKA INAHO
アルファポリス
第2回次世代
ファンタジーカップ
『ユニークキャラクター賞』
受賞作!!!!
居眠りしている間に人間卒業!?
全能の大精霊
になってしまいました
居眠りから目が覚めると、別の世界に転移していた高校生の冴島凪。辺りは見知らぬ湖——というより、彼は湖そのものになっていた!? 流れ込む知識を頼りに、自分が湖の大精霊に転生したことを理解したナギは、怪我や病で苦しむ者たちを治していく。そんなある日、ナギは願いの声に導かれて、ある少年のもとに召喚される。奴隷となっていた少年たちを救い出すと、その後も彼を慕ってどんどん仲間が増えていき……湖畔開拓ファンタジー、開幕!
◎定価:1320円(10%税込) ◎ISBN 978-4-434-31159-8 ◎illustration:つなかわ
崇められたからには神癒の力で救わないとね。
アルファポリス第2回次世代ファンタジーカップ「ユニークキャラクター賞」受賞作!

左遷でしたら
喜んで!
王宮魔術師の
第二の人生は
のんびり、もふもふ、
ときどきキノコ?
著 みずうし
第2回
次世代ファンタジーカップ
大賞!!
&
コミカライズ
決定!!
おとぼけキノコ ふわふわ白虎 世話焼き家精霊(ボガート) etc…
おバカで愉快な最強(?)パーティで
第二の人生を楽しみ尽くす!
左遷ってただのご褒美だよね。
王宮の首席魔術師ドーマは理不尽な上司に頭突きをかまして左遷された。これで気楽な研究生活が送れると、ウキウキしながら辺境の地に越したドーマ。幽霊屋敷と呼ばれる曰くつきのお屋敷に集まった新たな仲間は天然な最強剣士や家精霊(ボガート)、白虎……それにキノコ!? 彼は一癖も二癖もあるメンバーと賑やかで楽しい家を作る。しかし、そこに優秀なドーマを僻む怪しげな魔術師が忍び寄り——変わり者魔術師と愉快な仲間達のドタバタなセカンドライフ、開幕!
●定価:1320円(10%税込) ●ISBN978-4-434-31645-6 ●Illustration:はらけんし

異世界二度目のおっさん、

どう考えても高校生勇者より強い

Yagami Nagi
八神凪
Illustration 岡谷

高校生と一緒に召喚されたのは
超世話焼きな
元勇者のおっさんだった!!

第2回
次世代ファンタジーカップ
"編集部賞"
受賞作!!

うだつの上がらないサラリーマン、高柳 陸。かつて異世界を冒険したという過去を持つ彼は、今では普通の会社員として生活していた。ところが、ある日、目の前を歩いていた、3人組の高校生が異世界に召喚されるのに巻き込まれ、再び異世界へ行くことになる。突然のことに困惑する陸だったが、彼以上に戸惑う高校生たちを勇気づけ、異世界で生きる術を伝えていく。一方、高校生たちを召喚したお姫様は、口では「魔王を倒して欲しい」と懇願していたが、別の目的のために暗躍していた……。しがないおっさんの二度目の冒険が、今始まる——!!

●定価：1320円（10%税込） ●ISBN：978-4-434-31649-4 ●Illustration：岡谷

この作品に対する皆様のご意見・ご感想をお待ちしております。

おハガキ・お手紙は以下の宛先にお送りください。

【宛先】

〒150-6008 東京都渋谷区恵比寿4-20-3 恵比寿ｶﾞｰﾃﾞﾝﾌﾟﾚｲｽﾀﾜｰ8F
（株）アルファポリス　書籍感想係

メールフォームでのご意見・ご感想は右のＱＲコードから、
あるいは以下のワードで検索をかけてください。

アルファポリス　書籍の感想

ご感想はこちらから

本書はWebサイト「アルファポリス」（https://www.alphapolis.co.jp/）に投稿されたものを、改題、改稿、加筆のうえ、書籍化したものです。

種族【半神】な俺は異世界でも普通に暮らしたい３

穂高稲穂（ほだかいなほ）

2023年2月28日初版発行

編集－村上達哉・芦田尚
編集長－太田鉄平
発行者－梶本雄介
発行所－株式会社アルファポリス
〒150-6008 東京都渋谷区恵比寿4-20-3 恵比寿ｶﾞｰﾃﾞﾝﾌﾟﾚｲｽﾀﾜｰ8F
TEL 03-6277-1601（営業）　03-6277-1602（編集）
URL https://www.alphapolis.co.jp/
発売元－株式会社星雲社（共同出版社・流通責任出版社）
〒112-0005 東京都文京区水道1-3-30
TEL 03-3868-3275
装丁・本文イラスト－珀石碧
装丁デザイン－AFTERGLOW
印刷－図書印刷株式会社

価格はカバーに表示されてあります。

落丁乱丁の場合はアルファポリスまでご連絡ください。

送料は小社負担でお取り替えします。


ISBN978-4-434-31651-7 C0093